文春文庫

花《はな》芒《すすき》ノ海《うみ》

居眠り磐音（三）決定版

佐伯泰英

文藝春秋

目次

「居眠り磐音」

主な登場人物

坂崎磐音《さかざきいわね》
元豊後関前藩士の浪人。藩の剣道場、神伝一刀流の中戸道場を経て、江戸の佐々木道場で剣術修行をした剣の達人。

小林奈緒《こばやしなお》
磐音の幼馴染みで許婚《いいなずけ》。琴平、舞の妹。

坂崎正睦《さかざきまさよし》
磐音の父。豊後関前藩の中老職。藩財政の立て直しを担う。妻は照埜《てるの》。

坂崎伊代《さかざきいよ》
磐音の十一歳違いの妹。

河出慎之輔《かわでしんのすけ》
磐音の幼馴染み。妻の舞の不義を疑って成敗し、自らは琴平に討たれる。

小林琴平《こばやしきんぺい》
磐音の幼馴染み。舞と奈緒の兄。磐音によって上意討ちされる。

宍戸文六《ししどぶんろく》
豊後関前藩の国家老。

中居半蔵《なかいはんぞう》
豊後関前藩江戸屋敷の御直目付。

金兵衛《きんべえ》　江戸・深川で磐音が暮らす長屋の大家。

おこん　金兵衛の娘。今津屋に奥向きの女中として奉公している。

鉄五郎《てつごろう》　鰻屋「宮戸川」の親方。妻はさよ。

幸吉《こうきち》　深川の唐傘《からかさ》長屋に暮らす叩き大工磯次《いそじ》の長男。

今津屋《いまづや》吉右衛門《きちえもん》　両国西広小路に両替商を構える商人。

由蔵《よしぞう》　今津屋の老分番頭。

佐々木《ささき》玲圓《れいえん》　神保小路に直心影流の剣術道場・佐々木道場を構える磐音の師。

品川《しながわ》柳次郎《りゅうじろう》　北割下水の拝領屋敷に住む貧乏御家人の次男坊。母は幾代《いくよ》。

竹村《たけむら》武左衛門《ぶざえもん》　南割下水吉岡町の長屋に住む浪人。妻は勢津《せつ》。

笹塚《ささづか》孫一《まごいち》　南町奉行所の年番方与力。

権造《ごんぞう》　富岡八幡宮の門前にやくざと金貸しを兼業する一家を構える親分。

『居眠り磐音』江戸地図

新吉原
寛永寺
上野
浅草
待乳山聖天社
向島
浅草寺
品川家
業平橋
北割下水
本所
竹村家
南割下水
柳原土手
両国橋
金的銀的
横川
竪川
今津屋
大川
鰻処宮戸川
六間堀
本橋
猿子橋
小名木川
新大橋
鎧ノ渡し
深川
金兵衛長屋
霊岸島
八丁堀
永代橋
永代寺
富岡八幡宮
佃島

護国寺
小石川
本郷
牛込
豊後関前藩
上屋敷
神田川
佐々木道場
駿河台
神田明神
神保小路
市谷八幡宮
内藤新宿
四谷
四谷御門
麹町
江戸城
平川天満宮
南町奉行所
数寄屋橋御門
溜池
原宿
愛宕権現
増上寺
芝
渋谷
至 品川宿、海晏寺

『居眠り磐音』豊後関前藩地図
取水口
雲母橋
土橋
乗晋寺
畑
旅籠町
中戸道場
町屋
町屋
河端町（遊里）
町屋
広小路御北町
武家地
職人町
撞木町（遊里）
見返橋
須崎町（遊里）
田
町屋
臼杵口番所
漁師町
町屋
一石橋
松風屋
須崎浜
船着場
臼杵道
釜屋の浜
泰然寺
関前湾
雄美岬
地図原案
佐伯泰英

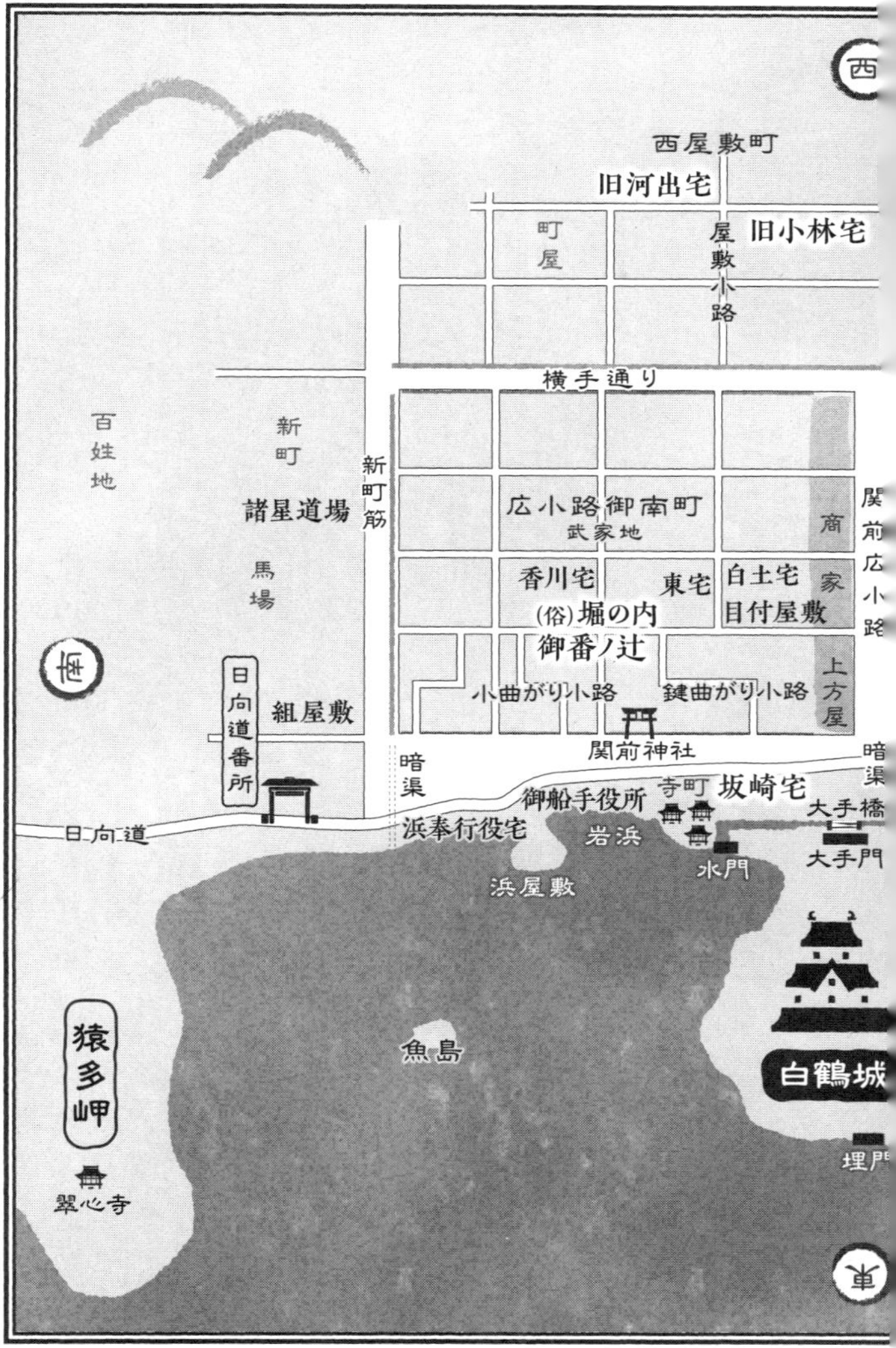
西
西屋敷町
旧河出宅
町屋
屋敷小路
旧小林宅
横手通り
百姓地
新町
新町筋
諸星道場
広小路御南町
武家地
商家
関前広小路
馬場
香川宅
東宅
白土宅
目付屋敷
(俗)堀の内
御番ノ辻
日向道番所
組屋敷
小曲がり小路
鍵曲がり小路
上方屋
関前神社
暗渠
暗渠
御船手役所
寺町
坂崎宅
大手橋
日向道
浜奉行役宅
岩浜
水門
大手門
浜屋敷
白鶴城
魚島
猿多岬
翠心寺
埋門

本書は『居眠り磐音 江戸双紙 花芒ノ海』(二〇〇二年十月 双葉文庫刊)に
著者が加筆修正した「決定版」です。

編集協力 澤島優子
地図制作 木村弥世
DTP制作 ジェイ エスキューブ

花芒ノ海

居眠り磐音（三）決定版

第一章　深川夏出開帳

一

安永《あんえい》二年（一七七三）仲夏《ちゆうか》。

坂崎磐音《さかざきいわね》は深川六間堀の金兵衛《きんべえ》長屋で蒸し暑い日々を過ごしていた。

親友二人を失った明和《めいわ》九年（一七七二）の夏から一年が過ぎていた。ちなみに明和九年十一月十六日に安永と改元された。

気温が上がったせいか、鰻《うなぎ》割きの仕事は忙しかった。

磐音は毎朝七つ半（午前五時）に北之橋詰の鰻屋宮戸川《みやとがわ》に通ってひたすら鰻と格闘していた。

み月ほど前、日当が七十文から百文に値上がりした。そのせいでなんとか暮らしが立っていた。だが、このところ纏《まと》まった金が入る仕事はなかった。

この朝、磐音は宮戸川の仕事の帰りに、貧乏御家人の次男坊、品川柳次郎《しながわりゅうじろう》を北割下水の拝領屋敷に訪ねた。

拝領屋敷といえば聞こえがいいが、何十年と手入れもされていない壊れかけた屋敷だ。それでも御家人のこと、敷地は二百坪ほどの広さがあった。

この辺りの御家人の屋敷では庭を畑にして季節の野菜などを植え、家計の助けにしていた。品川家でも御多分にもれず、青菜や茄子《なす》などを栽培していた。

「坂崎さんか」

畑に水を撒《ま》いていた柳次郎が、首に巻いた手拭《てぬぐ》いで額の汗を拭《ふ》きながら振り返った。

「なんぞ仕事はありましたか」

「近頃、なにもありませんね。口が干上がってどうしようもない」

「この暑さでは、どこもがうんざりしていますからね」

「暑気払いに一杯といきたいが、あいにく銭の持ち合わせもない。またにしましょうか」

しばらく雑談した磐音は柳次郎に別れを告げると、深川六間堀の金兵衛長屋に戻った。

九尺二間の長屋には温気《うんき》が充満していた。

磐音は狭い裏庭の障子を開けると風を入れた。

水甕《みずがめ》を覗《のぞ》き、米櫃《こめびつ》を確かめた。

かさりと底に残っているだけだ。

「なんとかしなければな」

独り言を呟《つぶや》きながら、残った米を釜に移した。井戸端に持っていこうと立ち上がったとき、戸口にだれかが立った気配がした。

顔を上げると、富岡八幡宮《とみおかはちまんぐう》前で金貸しとやくざを二枚看板にした権造《ごんぞう》一家の代《だい》貸《がし》の五郎造《ごろぞう》と視線が合った。

「五郎造どのか、暑いな」

「親分がお呼びだぜ」

「そういえば親分には借りがあったな」

「覚えていたとは殊勝なこった」

五郎造がにやりと笑った。

「暫時《ざんじ》待ってはもらえぬか。腹が減っては戦《いくさ》はできぬと申すでな」

「ちぇっ。このくそ暑いのに、大の男が飯を炊くのを待てるけえ。飯ぐれえ、うちに来ればたらふく食わせてやるぜ」

「さようか。仕度をいたすゆえ、しばらく門前でお待ちあれ」

「おめえさんと話してると日が暮れるぜ。早くしねえ」

磐音は五郎造を待たせ、備前包平《びぜんかねひら》二尺七寸（八十二センチ）と無銘の脇差《わきざし》一尺七寸三分（五十三センチ）を腰に差し落とした。それで仕度はできた。

六間堀町から富岡八幡宮まで五郎造と肩を並べて歩きながら、磐音は訊いた。

「親分の頼みごととはなにかな」

ふた月前、鰻捕りの幸吉《こうきち》が泥亀《すっぽん》の米次《よねじ》にかどわかされたことがあった。

そのとき、権造親分の手を借りて幸吉の行方を探したのだ。その返礼に、磐音は一度だけ剣の腕を貸す約束をしていた。

その取立てに五郎造が来たのだ。

「おめえさんは出開帳《でがいちょう》で有名な深川永代寺を知ってるけえ」

「前を通ったことはあるが、参拝したことはござらぬ」

「ござらぬときたか。あそこはうちの稼《かせ》ぎ場だ」

深川と不動尊との関わりは、元禄《げんろく》十六年（一七〇三）に成田山《なりたさん》が永代寺の門前を借りて、不動尊の出開帳をしたときに始まる。以来しばしば、成田山新勝寺《しんしょうじ》をはじめ、出開帳で人を集め、地元の者に親しまれていた。

「深川永代寺の出開帳は、うちの親分と川向こうは浅草黒船町の顎《あご》の勝八《かつはち》親分が交互に仕切る習わしになっていた。ところが、つい二日前、永代寺に夏祭りの打ち合わせに行ったと思いねえ。するとよ、顎の勝八のところから子分どもが来て、相談は済んだと言うじゃねえか。なんて話だってんで、親分とおれとで黒船町に乗り込んだってわけだ。すると顎の野郎め、今年の夏祭りからはうちで仕切らせてもらうぜって、ふざけたことをぬかしやがる。親分が怒りなさって、顎、てめえはおれに喧嘩《けんか》を売る気かと怒鳴りなさったが、顎の野郎、平気の平左でよ。あぁ、そういうことだってぬかしやがったのさ。おれも親分も腸《はらわた》が煮えくりかえったが、浪人者まで出てきやがって、多勢に無勢だ。そんときは堪えに堪えて橋を渡って戻ってきたってわけだ。売られた喧嘩だ、こっちも人手を集めて出入りの仕度を始めた。ところが、昨日のことだ、うちの関わりの櫓下《やぐらした》の女郎屋に五人の浪人者が上がって、遊女を揚げて盛大に飲み食いしたあげく、朝方、勘定が欲しければ顎の勝八親分に請求しろと言ったというじゃねえか。そいつを聞いた親分がかんかんに怒りなさってよ、子分を差し向けたと思いねえ。ところが浪人どもは腕に覚えがある野郎どもで、散々な目に遭《あ》わされてよ、四人が手足に怪我《けが》をして、医者のところに担ぎこまれたってわけだ」

話の目処《めど》がついた頃、磐音と五郎造は、富岡八幡宮前の権造一家の戸口の前に辿《たど》りついていた。

一家は殺伐《さつばつ》とした重い雰囲気に包まれていた。奥座敷には喧嘩仕度の子分たちが控えている気配だ。

磐音は初めて権造の居間に通された。

大きな神棚の前の長火鉢には、派手な浴衣《ゆかた》の権造がでんと座り、苦虫を嚙《か》み潰《つぶ》したような顔で磐音を迎えた。

「おめえさんには貸しがあったな」

「五郎造どのにも同じことを言われた。親分、念を押すまでもない」

「話は聞いたか」

「浪人五人にただで飲み食いされたようだな」

「飲み食いばかりか、子分四人が使いものにならねえ。金もさることながら、おれの面目《めんぼく》が立たねえや。このままじゃあ、稼業《かぎよう》にも差し障《さわ》りがあらあ」

「顎の親分とはこれまで仲良くやってきたと聞いたが、急にまた何が起こったのかな」

「そこだ。顎の勝八は元々黒船町の先代の代貸だった男だが、先代が去年の暮れに急死しなすったあと、姐《あね》さんを誑《たら》し込んでよ、跡目を継いだんだ。先代は仲間とも町奉行所ともうまくやっていたもんで、顎の野郎には北町の臨時廻り同心がついていやがる。定廻《じょうまわ》り同心を長年務めた月形彦九朗《つきがたひこくろう》という男だ。こいつは寺社方とも仲がいい。こいつの力を借りて、顎の野郎は川のこっちにも縄張りを広げてきてやがるんでえ」

「親分、顎の一家には何人も浪人者がいるという話ではないか。そやつらも月形どのの手下かな」

「浪人の頭領は、深甚《しんじん》流とかいう剣術の達人飯岡一郎助《いいおかいちろうすけ》でよ、顎一家の近くに町道場を開いている三十五、六の大男だ。こいつのところに食い詰め浪人がごろごろしてるのさ。うちの関わりの見世で飲み食いしやがったのもこいつらだ」

「浪人どもは別にして、北町の同心どのが厄介《やっかい》だな」

「なんぞ知恵を働かせてくれ。おめえには貸しがあるんだからな」

「親分、そう何度も貸し貸しと言わんでもらいたい。それがしもこうして顔を出しておるのだ。十分、相談には乗るつもりだ」

磐音は考える素振《そぶ》りをみせた。

「親分、北町同心の始末はそれがしに任せてくれ。少々時間《とき》はかかるやもしれぬがな」

「おめえさん、安請《う》け合いしていいのけえ」

磐音には考えがあった。だが、そう易々と権造に話すつもりはない。腹を空《す》かせた仲間がほかに二人もいるのだ。

「今年の夏祭りはなんとしてもうちで仕切る。祭りまでには三日をきってるが、それまでには決着をつけてえ」

「任せてもらおう。まずは深甚流の用心棒の退治から取りかかろうか。その前に二つばかり相談だ。いささか腕に覚えがあっても、大勢の浪人相手にそれがし一人で獅子奮迅《ししふんじん》の働きはできぬ。そこで二人ばかり助太刀を頼もうと思うが、よいかな」

「二人だと。仕方あるめえ」

「それがしはただ働きでかまわぬが、助太刀を頼む以上、仲間はそうはいくまい」

「仕方あるめえ。二人で一日一両でどうだ」

「今ひとつ、それがし、腹を空かせておる。飯を馳走《ちそう》してくれぬか」

「呆《あき》れた野郎だぜ。五郎造、台所でなんぞ食わせてやれ」

　そう命じた権造はどこかほっと安堵《あんど》の色をみせた。

　蛸《たこ》のさくら煮、牛蒡《ごぼう》、人参、蒟蒻《こんにゃく》、椎茸《しいたけ》などの野菜と、鶏肉を炊き合わせたものなど、金貸しとやくざ稼業はなかなかの繁盛とみえる。

「おまえさん、よく食うな」

　満足げな表情で茶を飲む磐音を見て、中年の勝手女中のおかつがびっくりした顔で言った。

「味付けが実に結構でござった。母上が作られる食い物の味とよく似ておりました」

「おっ母さんの味と似てたかい」

　女中は笑みを浮かべた。

「おまえさんのおっ母さんはどこにおられるんだね」

「江戸から二百六十余里も離れた西国でござる」

「江戸で腹を減らしてると知れば、心配もされようが。おまえさんも、ちったあ性根を入れて働かねばなんねえぞ」

　女中は磐音に説教を垂れた。

「そうじゃな、いつまでも心配をかけてはならぬな」

磐音は真剣にそう思った。

「おめえさん、いつまで台所に座り込んでるつもりでえ。飯を食った分だけ働きやがれ」

五郎造が台所に顔を出して怒鳴った。

「そろそろ神輿《みこし》を上げようと思っていたところだ。まずは人集めに参る。今夜からこの家に泊まることになるが、それでよいか」

「親分もその気でいなさる。仲間を連れて夕刻までには戻ってきてくんな。またこの前みてえに、顎一家の浪人どもに好き放題飲み食いされねえともかぎらねえからな」

五郎造は磐音を頼りにしているように言った。

「五郎造どの、任せておいてくれ。その代わり、飯だけは昼のように存分に頼む」

「なんて情けねえ侍でえ」

五郎造は舌打ちした。それでも、

「早く行ってくんな」

と送り出した。

磐音は今朝ほど訪ねたばかりの北割下水に、再び品川柳次郎を訪ねた。すると柳次郎は井戸端で裾《すそ》をからげて洗濯をしていた。盥《たらい》は汚れ物で溢《あふ》れている。

「精が出ますね」

「母上の手伝いですよ」

品川柳次郎は苦笑いし、

「坂崎さんが二度もうちに顔を出すとは、仕事が見つかりましたか」

と期待に満ちた顔をした。

「富岡八幡宮前でやくざと金貸しを兼業する親分の用心棒の口がありました。一日二分、三度三度の飯付きです。やりますか」

「もちろんやります。母上の手伝いをしたからとて一文にもなりませんからね。用意するあいだ、しばらく待ってください」

壊れかけた門前で磐音が待っていると、柳次郎の母親の幾代《いくよ》が顔を出した。まくわ瓜を一切れ載せた皿を手にしていた。

「柳次郎がいつもお世話になります」

磐音は慌《あわ》てた。未だちゃんとした挨拶《あいさつ》をしたことがなかった。

「こちらこそ世話になっております。それがし、六間堀の金兵衛長屋に住まいいたす坂崎磐音と申す者にございます」

「お話は柳次郎から伺っていますよ」

磐音はふと、年格好が同じくらいの故郷《くに》の母を思い出した。

「こんなものしかありませんがよう冷えております。お食べなさい」

「頂戴します」

富岡八幡宮から急いで来た磐音には、冷たく冷やされたまくわ瓜がなんとも美味だった。

「お待たせしました」

よれよれの単衣《ひとえ》の着流しに大小を落とし差しにした品川柳次郎が出てきて、

「瓜を食わされましたか。庭で穫ったものであまり甘くはないでしょう」

と笑った。そして幾代に、

「母上、坂崎さんが仕事を持って参られた。首尾よくいったら何ぞおいしいものでも買《こ》うて戻りますぞ」

と言い残すと磐音を誘って門を出た。

二人の足は南割下水吉岡町のどんづまりに住む竹村武左衛門《たけむらぶざえもん》の半欠け長屋に向

かった。貧乏御家人や食い詰め浪人らが多く住むその一帯は、本所《ほんしょ》深川界隈《かいわい》でも一段とひどい場所だ。

夏の季節、縦横に走る溝《どぶ》は乾ききって、ぼうふらが湧《わ》く水もない。ただ埃《ほこり》っぽい家並みが黄ばんだ洗濯物の間に広がり、むうっとした湿気と饐《す》えた臭《にお》いが立ち込めていた。

「竹村さん、仕事だぞ」

武左衛門が出てくる前に、長女の早苗《さなえ》と長男の修太郎《しゅうたろう》が飛び出してきた。

「ああ、よかった。父上と母上は数日前に喧嘩して以来、口も利《き》かれないのです。これで仲直りができそうです」

母親の勢津《せつ》が乱れた髪を気にしながら出てきて、

「これ、早苗、うちの恥を他人様《ひと》に大声で話すものではありません」

と制止したがもはや遅い。

「勢津どの、仲直りができそうな仕事の口を坂崎さんが見つけてこられた。もうしばらくの辛抱です。二、三日待ってください」

竹村武左衛門が塗りの剝《は》げた刀を手に姿を見せ、

「待たせたな」

「行き先は富岡八幡宮です」

「唐天竺《からてんじく》でも参るぞ」

とほっとした顔を見せた。

本来、南割下水とは旗本諸家が屋敷を連ねる一帯である。ところが武左衛門の住む吉岡町は、南割下水とは名ばかりの極貧の者たちが住む一角だ。町内を抜けると武左衛門は大きな溜息《ためいき》をついた。

「勢津どのとの喧嘩は金のことですか」

「ほかになにがある」

武左衛門は柳次郎に突っかかるように言い、慌てて取り繕《つくろ》った。

「すまぬ。家内の揉《も》め事でつい気が立ってしまった。坂崎さん、仕事とはどんな類いかな」

磐音は権造一家に降りかかった難儀について話して聞かせた。

「ちょっと待った。坂崎さんはただ働きか」

と柳次郎が尋ねた。

「借りがあるので仕方がありません。そのうちよいこともあるでしょう」

「坂崎さんらしい話だが、ただ働きはしんどいな」

「坂崎さんも柳次郎も考えが足りぬな。それがしの見立てでは、やりようによっては銭になる話だ。坂崎さんとて、権造に借り分以上の義理はあるまい」

「幸吉の行方を探し出してくれた借りを返せばいいだけですが、相手が北町奉行所の臨時廻り同心ともなると厄介ですよ」

「そっちは坂崎さんの知恵の絞りどころだ。それがしが言うのは、顎の勝八と権造親分をうまく操ることができれば、それなりの金になるということだ」

「竹村の旦那《だんな》、坂崎さんの性格を考えてみろよ、小さいとはいえ借りは借りだ。それを裏切って顎の勝八に寝返るなんてできっこないさ」

「それがしは裏切れなんて言ってないぞ。二つの争いの間隙《かんげき》を衝《つ》けば金が転がり込むと言っているだけだ」

「そいつに期待しよう」

品川柳次郎がその話題に蓋《ふた》をするように言った。

「深甚流の飯岡一郎助について、お二人はなんぞご存じないですか」

あると答えたのは竹村武左衛門だ。

「深甚流は元々、加賀の百姓の子である草深甚四郎《くさぶかじんしろう》が始めた剣法でな、塚原卜伝《つかはらぼくでん》に新当流《しんとう》を習って深甚流天狗小太刀の開祖になったそうな。加賀に中条流《ちゅうじょう》が入る以前は深甚流が加賀のお家流だったというぞ。飯岡一郎助は、この深甚流直系を名乗っている男でな、六尺二十貫を超える巨漢だ。それがしは一度黒船町を通りかかった折りに道場を覗《のぞ》いたことがある。利き腕の右手に四尺余の木刀、左手に二尺余の小太刀を持って稽古《けいこ》する様は、まさに仁王か阿修羅《あしゅら》の形相でな、なかなかの腕前とみた。それに顔が鬼瓦《おにがわら》のように物凄《ものすご》くてな、まあ、闇夜《やみよ》には会いたくない御仁だな」

「一度拝見するとしよう」

と磐音が答えたときに、三人は富岡八幡宮前の権造親分の家の前に辿りついていた。すると玄関先が騒がしい。

「おおっ、帰ってきたか」

五郎造が声を上げた。玄関先に露天商の男たちが六、七人いて、権造に何か訴えていた。

「いいとこに帰ってきたぜ。こいつらはよ、本所深川一帯で祭りを追って商いをする香具師《やし》の連中だ。夏祭りでも店を張ることになっているんだが、顎の勝八のところから回状が来たそうだ」

権造親分は手にしていた回状を、ふざけた話だぜと言いながら磐音に渡した。

磐音は書状を広げた。達筆である。

通告状

この度、本所深川一帯の神社仏閣についての祭礼仕切りは浅草黒船町の顎の勝八の仕切るところになりし事、及びこの一件、北町奉行所臨時廻り同心月形彦九朗様お許しの旨、通告致し候《そうろう》。

この変更に伴い、

一　露天商いのショバ代一祭礼につき一店一日一分、半金前納の事

一　ショバ割は三日前の昼前、祭礼地にて挙行決定の事

右通告致し候。

浅草黒船町　顎の勝八

「ふざけた真似《まね》をしやがって、このおれの面《つら》を踏みつけにするにもほどがあらあ。旦那方よ、ショバ代は昔から一日二百文と決まってるんだ。そいつを一気に五倍に値上げたあ、一体全体《いってえぜんてえ》どういうこった」

権造が顔を真っ赤にして怒鳴った。

「親分、われらに怒ったところで致し方あるまい。どうせよと言われるのかな」

「こいつらはおれに、顎に掛け合って元に戻してくれと言っていやがるんだ。どうしたもんか」

権造も思案に暮れた表情だ。

「親分、ここは一番、親分自身が貫禄《かんろく》をみせて、顎の勝八親分に直々《じきじき》に掛け合うしかあるまい」

「おれがいきなり面ぁ出すのけえ」

金貸しの権造は尻込《しりご》みした。

「親分、顎の親分の顔も見ておきたいでな、それがしも同道しよう。それに香具師の方々も何人かご一緒願おうか」

「親分、わしらもですかい」

露天商たちも怯《おび》えた顔をした。

「そなたらに宛てた回状ではないか。当人が持参せずば名目が立つまい。なあに、そなたらに怪我をさせるようなことはさせせぬ」

磐音が請け合い、香具師たちが額を寄せて話し合った末に、二人が代表で出向くことに決まった。となれば、金貸しの権造も出張《でば》らないわけにはいかない。

「五郎造、猪牙舟を用意しな」

と命じた。

二

七つ（午後四時）、富岡八幡宮から猪牙舟に乗ったのは、船頭のほかに、金貸しの権造親分、香具師の飴細工《あめざいく》の富吉《とみきち》、竹笊《たけざる》売りの勘太郎《かんたろう》、それに坂崎磐音の四人だ。猪牙舟の舟縁《ふなべり》に水面が接近するほど沈み込んだ。

権造は、

「おめえさん一人で大丈夫けえ」

と心配したが、

「今日は掛け合いで喧嘩ではあるまい。大勢で押しかければかえって、騒ぎが大きくなろう」

と、磐音一人が同行することにしたのだ。

夏の陽《ひ》はまだ、雲ひとつない空高くにあった。が、水面を吹き渡る風には涼気があって気持ちがよかった。

舟は蓬萊橋《ほうらい》、黒船橋、三蔵橋、武家方一手橋と潜って、大川に出た。河口近くから永代橋、新大橋、両国橋と、流れに浮かぶ橋を見ながら、御厩河岸《おうまやがし》ノ渡しの先で浅草黒船町の河岸に着けた。

船頭を舟に残して、四人はようやく日が翳《かげ》り始めた町に上がった。

顎の勝八一家は、御米蔵から浅草に抜ける浅草御蔵前通り沿いの、間口八間ほどの堂々とした構えであった。障子戸には、

金龍山浅草寺御用黒船勝八

とあった。

「ごめん」

さすがは一家の頭《かしら》、金貸しの権造だ。顎一家の前まで来ると背筋を伸ばして、敷居を跨《また》いだ。玄関先の上がりかまちにいた子分が慌てて奥に走り込んでいった。

「金貸しがまた何の用でえ」

顎の勝八が貫禄をみせて玄関先に出てきた。

ひょろりとした痩身《そうしん》に長い顔がのっていた。さらに異名の顎が、茄子のように曲がって顔の前に突き出していた。

「何の用とは挨拶だな、勝八。おめえの用心棒どもがうちの関わりの見世で飲み

食いした付けの取立てに来たんでえ。女郎の揚げ代と合わせ、締めて十両と二分三朱、そっくり耳を揃《そろ》えて払ってもらおうかい」

顎の勝八が笑い出した。すると瘦《や》せた体がカタカタと鳴った。

「おめえ、暑さに頭をやられたか。おれの用心棒がどこで飲み食いしようと、おれが払ういわれはねえや。日が高いうちに川を渡って、櫓下に戻るこったぜ。金貸しの権造さんよ、うちにゃ、気が荒《あれ》え者《もん》が手ぐすね引いて待ってるんだ」

「そうか、それならそれでこいつはいったん置いといて別口にかかろうか。富吉、勘太郎、入ってこい」

権造が表に向かって叫ぶと、磐音に背を押された二人がおずおずと入ってきた。

続いて磐音も従った。

「なんでえ、てめえら。話し合いなら祭りの場でと命じてあるぜ」

顎の子分の一人が叫んだ。

「そいつをな、断りに来たんだよ」

「その付き添いが金貸したあ、気の毒なこったぜ。おめえら、足腰を叩《たた》き折られねえうちに出ていきな。今日のところは見逃してやらあ」

顎の勝八がじろりと睨《にら》んだ。

富吉と勘太郎が顔を伏せた。

「野郎ども、叩き出せ」

顎の勝八の命に、子分たちが懐《ふところ》の匕首《あいくち》や長脇差《ながわきざし》を抜きながら、金貸しの権造や露天商たちに詰め寄ってきた。

富吉と勘太郎がなにか叫びながら、外に飛び出そうとした。

その背後から磐音がゆっくりと顔を見せた。

「顎の親分、今日は話し合いに参った。乱暴はいかんぞ」

「金貸しの野郎、落ち着いてやがると思ったら、浪人を一匹連れてきたか。かまうこっちゃねえ。こいつも叩き出せ」

子分の一人が匕首を腰にぴたりとつけて、何の気配も見せず、磐音の腹めがけて切っ先を突き入れてきた。

磐音が体を開いた。

実にのんびりした動きのように見えたが、きらめく匕首の切っ先との間合いを読みきって体を開き、匕首を握った手首を摑《つか》むと瞬時に捻《ひね》り上げていた。

子分の体が虚空に舞って土間に叩きつけられた。

「ううう」

うなり声を上げて子分は気を失った。

「軍蔵、道場の先生を呼んでこい」

子分の一人が外に飛び出した。

深甚流の道場主飯岡一郎助を呼びに行ったのであろう。

その間に、残った子分たちが磐音を囲んだ。

磐音は土間の中央に歩を進めた。

「顎の親分、さっきも言ったが、喧嘩に参ったのではない。権造親分は話し合いに来たのだ。親分同士、仲良く永代寺の祭りを取り仕切れぬか」

「てめえら、さんぴんが能書き垂れるのを突っ立って聞いてるばかりか」

顎が怒鳴ると痩せた体がまたカタカタと鳴った。

「親分、あっしが始末をつけてやりまさあ」

俊敏そうな若い衆が長脇差を翳《かざ》して、縁日の夜店でも見物するかのような長閑《のどか》な風情《ふぜい》で佇《たたず》む磐音の眉間《みけん》に斬りつけてきた。

再び春風が舞った。

実に長閑な動きに見えた。

だが、磐音は長脇差の下に入り込むと、相手の腕を抱え、片膝《かたひざ》の上に体をのせて跳ね上げていた。

見事に宙を舞った若い衆が、これまた土間に叩きつけられた。

磐音の左手に長脇差が残っていた。

「うっふっふっふ」

金貸しの権造が嬉《うれ》しそうに笑った。

「くそっ」

新手が二人がかりで磐音に襲いかかってきた。

磐音は長脇差を峰に返して右に左に片手で振った。すると長脇差やら匕首が宙に飛び、その上、子分たちは肩や脇腹を押さえて土間に転がった。

神保小路《じんぼうこうじ》の直心影《じきしんかげ》流の佐々木玲圓《ささきれいえん》道場で猛稽古を積み、目録を得た磐音だ。

佐々木道場の目録は他の道場の免許皆伝に匹敵する、といわれる佐々木道場で三年の修行を積んだ後、磐音は運命に翻弄《ほんろう》されて親友と立ち合う羽目に陥り、修《しゅ》羅場《らば》を体験してもいた。

豊後《ぶんご》関前《せきまえ》藩を暇乞《いとまご》いして江戸に出てくると、身過ぎ世過ぎを一剣に頼って生き抜いてきたのだ。わずか一年の間に幾多の修羅場を潜《くぐ》り抜け、師匠の佐々木玲圓に驚愕《きょうがく》される腕前になっていた。

腕自慢のやくざが太刀打ちできる相手ではない。

「ちくしょう」

と顎が舌打ちしたとき、

「親分、道場の先生方を連れてきやしたぜ」

という声がして、見るからに怪しげな浪人が四人飛び込んできた。

「椽《くぬぎ》さん、先生はどうした」

「飯岡一郎助どのは所用でおられぬ。なあに浪人の一人や二人、われらで十分でござる」

椽と呼ばれた剣客が四人の頭分と思えた。

色黒の顔に無精髭《ぶしようひげ》を生やし、汚れた袖《そで》からにゅっと出た腕は、丸太のように太かった。背丈は五尺四寸ばかり、胸板も厚く、猪首《いくび》の男だ。年格好は、三十五、六か。

「椽どの、それがしは喧嘩に参ったのではない」

磐音がのんびりした声で言った。

「ふざけたことをぬかすな。土間に転がっているのはなんだ。おまえがやっておいて、喧嘩に来たのではないとぬかすか」

「これは相すまぬことをした。勢いでな、こうなった」

「流儀と名を聞いておこうか」

「神保小路の佐々木先生のもとで三年ばかり稽古を積んだ、坂崎磐音と申す者でござる。以後、よしなに」

「直心影流か。面白い、腕前を見てつかわす」

「そなたは何と申される」

磐音の声はあくまで長閑に響いた。

「橡陣十郎《じんじゆうろう》、神伝《しんで》流免許皆伝だ」

正式には奥山《おうざんり》理想《そうしんで》神伝流という。祖は堀丹波守直央《ほりたんばのかみなおもと》が興した流儀ということしか磐音には分からなかった。

「免許皆伝とはなかなかの腕前でござるな」

橡が草履《ぞうり》を跳ね飛ばすように後ろに脱ぎ捨てた。

朱鞘《しゆざや》の剣を抜いた。すると仲間の三人が橡を援護するように刀を抜き連《つ》れて、橡の左右に展開した。

橡は身幅の厚い剣を八双《はつそう》に構えた。

磐音は手にしていた長脇差を捨てた。

国許《くにもと》を出るときに屋敷から持ち出した伝来の備前包平二尺七寸をそろりと抜い

た。

　正眼《せいがん》に、静かにつけた。

　椽が、

（なんだ）

　という表情を見せた。

　国許の剣の師匠中戸《なかと》信継《のぶつぐ》が、

「……春先の縁側で日向《ひなた》ぼっこをしている年寄り猫のようじゃ。眠っているのか起きているのか、まるで手応《てごた》えがない。こちらもつい手を出すのを忘れてしまう。居眠り磐音の居眠り剣法じゃな」

　と評した構えを椽は侮《あなど》ったようだ。

　八双の剣の切っ先を上下に揺らして間をとっていた椽陣十郎の双眸《そうぼう》が充血したように血走り、細くなった。

　磐音は不動のままだ。

「おおっ！」

　椽が絶叫するのに呼応して動いたのは、椽の右手に控えていた小柄な浪人だ。

　背を丸めて、中段の剣を下から伸ばしあげるように磐音の喉元《のどもと》に突きを入れてきた。

春風駘蕩《しゅんぷうたいとう》の磐音が豹変《ひょうへん》したのはまさにこの瞬間だ。

包平を手元に引き寄せるとその反動を利して前方に送った。

突きの襲撃に擦《す》り合わせて、
ぴーん
と弾《はじ》き返した。同時に包平が峰に返されて、小柄な剣士の下半身をしたたかに叩いていた。

ぼきり！

という不気味な音が顎一家の土間に響いて、壁板に体をぶつけた相手が倒れ込んだ。

椽陣十郎が八双の剣を磐音に叩きつけてきた。

神伝流の免許皆伝と自ら誇るだけに、刃風鋭く磐音を襲ってきた。

磐音は虚空に跳ね上げていた包平を上から椽の八双に合わせた。

それは音もなく真綿で包《くる》まれたようだった。

椽はそれでも包平から剣を引くと、磐音の首筋に二手《にのて》を送った。

磐音は悠然と合わせた。合わせながら椽の動きを読んでいた。

それが椽を苛立《いらだ》たせた。

「おのれ！」

椽陣十郎はしゃにむに連続攻撃を磐音に送り込む。

そのことごとくが手応えもなく絡《から》めとられ、押し返された。

磐音は援護に回った二人の動きに注意しながら、椽と対決していた。

二人は磐音の後方に回り込もうとしたが、複数の者が剣を振り回すには土間が狭すぎるため、磐音が微妙に位置を変える動きについていけないでいた。

「何をしておるのだ！」

椽は仲間に怒鳴ると自ら間合いを外した。

荒い息を肩でつきながら、

「こやつ、ぬえのような男だ。一気に押し包んで始末するぞ」

と仲間の二人に命じた。

「権造親分、どうしたものかな」

磐音が権造に声をかけた。

「旦那、顎の用心棒は三下奴《さんしたやっこ》だ。いつまでも遊んでねえでそろそろ決着をつけなせえ」

権造の声に余裕が出てきた。

「そうだったな。今日は掛け合いに来ただけだ。手間を取っては退屈か」

橡らが決死の態勢で磬音を囲んだ。

中央に橡陣十郎が、右手に長身の若い浪人、左が小太りの壮年の男だ。

磬音は再び峰に返した包平を正眼に戻した。

間合いは互いの切っ先が一尺余、手を伸ばせば包平の大帽子《きつさき》が橡の切っ先に触れるほどだ。

橡は弾《はず》む息遣いを鎮めた。

修羅場を潜り抜けてきた古兵《ふるつわもの》だけがなしうる技だ。

三人が阿吽《あうん》の呼吸で磬音への攻撃を確かめ合った。

磬音は受けの剣を捨てた。

正眼の剣が動きの気配さえ見せずに仕掛けた。

突如、疾風が顎一家の玄関先に巻き起こった。

左に一気に飛ぶと、小太りの剣士の肩口を刎《は》ねるように叩いた。

橡が迅速に対応して、磬音の胴を抜こうとした。

磬音はすでに包平を手元に引き付けて、相手の抜き胴に胴撃ちで応じていた。

のんびりとした剣風が一変し、熱い風が舞い起こって、椽のあばら骨をぼきりと響かせて数本へし折っていた。

二人が同時に土間に転がった。

残る長身の浪人は、一瞬の間に倒された電撃の攻撃に怯えながらも突っ込んできた。

磐音は再び居眠り猫に戻って、相手を手元まで引き寄せ、剣を絡め落としていた。

「今日は挨拶にござれば、これまで。引き上げなされ！」

凜然《りんぜん》とした磐音の声に、空手で立ち尽くしていた若い浪人が椽らを連れて外に転がり逃げた。

「顎、おめえの用心棒はあんなふうで大丈夫かえ」

金貸しの権造の声もどこか晴れやかだ。

磐音は権造が書き付けを上がりかまちに置くのを見ながら包平を鞘《さや》に戻した。

「親分、こちらの用心棒どのの狼藉《ろうぜき》で子分の方が怪我を負ったのであったな。顎の親分は治療代も持つと言うておられるぞ。なあ、顎の勝八どの」

「おおっ、いいところに気がつきなさった。顎もこれでなかなか物分かりのいい男でな。飲み食いの代金十両二分三朱と合わせて包金一つもらっていこうか」

権造が上がりかまちに書き付けを放り投げた。

顎の勝八は悔しそうな顔で奥に自慢の顎をしゃくりあげた。

奥から派手な芝居柄の浴衣をぞろりと着た年増女《としま》が姿を見せて、顎に突き出した。

「おや、これは先代の姐さん、元気そうでなによりだ。先代はできたお人だったねえ。姐さんも顎なんぞにくっついていなさると碌《ろく》なことはねえよ」

と女の手から包金二十五両をひったくった金貸しの権造が、

「念には及ぶめえが永代寺の夏祭りは例年通りうちが仕切るぜ。それと香具師のショバ代はいつもどおりにしてくんな。貧乏人が泣きを見る世の中じゃあ、いけねえからな。邪魔したな、顎の勝八」

捨て台詞《ぜりふ》まで残した金貸しの権造が気分よく顎一家の玄関を出た。

磐音も顎の親分に会釈すると権造に従った。

「おめえさん、おれが見込んだだけのことはあらあ」

日が沈んで涼しくなった大川を渡る猪牙舟の上で、金貸しの権造は満足そうに

磐音に言い、

「今日はおめえさんの機転でよ、顎の鼻を明かした。こいつは、小遣いだ」

と二両くれた。

「有難い。このところ、米も味噌《みそ》もきらして、家賃もためておった。これで何とか暮らしが立ちゆく」

「おめえさんは奇妙な侍だな。鰻捕りの餓鬼《がき》を助けるために命を張るかと思えば、律儀《りちぎ》におれの借りを返してもくれる。育ちがいいのか、それとも人がいいだけなのか」

「親分、約定《やくじょう》は約定ですからね」

「ほんとうに変わった侍だぜ」

権造がまた呆れた。

「親分、それがしのことより顎一家の出方だ。これで黙って引っ込むとも思えん」

「そこよ、ひと悶着《もんちゃく》あるだろうな。まずは永代寺の夏祭りが山になろうぜ」

「われら三人が交代で親分の家に泊まるゆえ、心配はいらぬ」

猪牙舟は櫓下の堀へと入っていった。すでにとっぷりと日が暮れていた。

富岡八幡宮前の船着場で四人は降りた。

香具師の富吉と勘太郎が二人にぺこぺこと頭を下げて、家に戻っていった。

権造一家では赤々と篝火《かがりび》を焚《た》いて、喧嘩仕度で権造らの帰りを待っていた。

「あっ、親分のお帰りだ！」

子分の一人が気づいて叫んだ。すると代貸の五郎造を先頭にどっと玄関先に姿を見せた。

品川柳次郎も竹村武左衛門も刀を手に出てきた。

「喧嘩仕度は当分なしだ。この浪人さんが顎の用心棒を四人ばかり叩き伏せたからよ。顎の野郎、目の玉でんぐり返して驚いてたぜ。飲み食いの代金から治療代までふんだくってきた。こういうのを溜飲《りゅういん》が下がるというんだろうな」

金貸しの権造が満足げに居間に引き上げ、五郎造が磬音に、

「ご苦労だったな」

と労《ねぎら》った。

「五郎造どの、いささか腹が減った。夕餉《ゆうげ》を頼む」

「おめえさんの仲間も食べずに帰りを待ってたぜ」

「それはすまぬことをしたな」

五郎造に案内されるように台所に行くと、板の間に箱膳《はこぜん》が三つ並び、酒まで添えられていた。

「こういう時期だ、酔っ払うまで飲んじゃいけねえぜ」

念を押す五郎造の声もなんとなく優しく聞こえた。

「お待たせしました」

「首尾がうまくいったようですね」

柳次郎が訊いた。

「火種は十分に残っていますから夏祭りの間は少なくとも働けるでしょう」

「しめた、二両にはなるな」

と素早く計算した武左衛門が呟く。

「ともかく、当分三人で寝泊まりすることになるでしょう」

「相分かった」

竹村武左衛門が待ち遠しいという顔で相槌《あいづち》を打ち、徳利を手にした。

膳には鯖《さば》の焼き物、煮しめ、おからと野菜の炒り煮、具だくさんの汁、それに一夜漬けの胡瓜《きゆうり》が並んでいた。

「これは馳走だ。だが、酒より飯だ」

磐音は自分の徳利を武左衛門に渡した。

「よいのか、坂崎さん。おれも柳次郎も今日はなにもしていないぞ」

「そのうちお二人が働く折りもありますよ」

磐音は夕餉を食べ始めた。するとだれかが声をかけても上の空、いや、飯を食べることに没頭して赤子のような顔に変わった。

三

翌朝、富岡八幡宮前の金貸しの権造の家を出ると、六間堀北之橋詰にある鰻屋の宮戸川に向かった。

これが磐音の常雇いの仕事だ。

本所深川一帯は川や堀や湿地が数多くあって、鰻や泥鰌《どじょう》がたくさん捕れた。その鰻を使って鰻屋が何軒か店を開いていた。

宮戸川の鉄五郎《てつごろう》親方は目端《めはし》の利いた男で、この一帯で捕れる鰻を利用して流行《はや》り始めた鰻屋を開き、たちまち繁盛店にしあげた。

今では、六間堀の宮戸川は安くてうまいと評判が立ち、川向こうから橋を渡って食べに来るほどだ。

この朝も下職の松吉《まつきち》と次平《じへい》の三人で何百匹もの鰻と格闘した。それが終わると五つ（午前八時）に近い。道具を片付けて刃物を研ぎ、井戸端を掃除し終えて鉄五郎親方の朝餉《あさげ》に相伴する。

これが日課だ。

「噂《うわさ》に聞いたが、金貸しの権造の手伝いをなさっておられるそうですね」

「おおっ、知っておられたか」

平然と答える磐音に鉄五郎が呆れ顔で、

「次から次と奇妙な稼ぎばかり見つけてこられるもんですね」

「これには少しばかり理由《いわく》がありましてな」

「幸吉の一件でしょ。ともかく呆れ返って二の句が継げねえや。金貸しなんぞとの約束を律儀に果たしておられるんですかい」

「約定は約定です。それに品川さんと竹村さんの稼ぎにもなるし、それがしも昨夕は格別に二両の褒賞《ほうしょう》をいただいた」

「まあいいや、ご当人が気に入っているのならね。それにしても顎の勝八の野郎、えらい横車を押してきたもんだ。坂崎さん、相手の道場主もいるこった、十分に気を配ってくだせえよ。坂崎さんはうちの大事な鰻割きなんだからね」

と最後は苦笑いしながら言った。

磐音は宮戸川の裏口から出ると、すでに陽射《ひざ》しが強くなった六間堀を金兵衛長屋に戻った。すると大家の金兵衛が、木戸口に植えられた糸瓜《へちま》の蔓《つる》を鋏《はさみ》で切っていた。

糸瓜水を採るのだという。

「大家どの、家賃が滞って相すまぬ。まずは一両ほど受け取ってもらいたい」

「坂崎さん、金貸しの権造の仕事をしてるんだってな」

さすがに六間堀の老人は早耳だ。

「いやさ、幸吉が、おれのために権造のところで働いてるって、申し訳なさそうな面で教えに来たんだよ。いつもは、いけすかねえ親分だが、今度ばかりは深川の露天商のためにもなることだ。それに川向こうの顎の親分なんぞに、永代寺の夏祭りを仕切られたんじゃ腹が立つ。しっかり金貸しの肩を持ってお働きな」

と激励された。

「ならば働きに参る」

と木戸口から引き返そうとすると、

「そうだ、忘れるところだった。坂崎さんのところに女の人がみえて、文を預けていったんだ」

と金兵衛が言い出した。

「女性《にょしょう》にござるか」

「武家屋敷勤めだねえ、あの物腰は」

金兵衛はそう言うと、

「今、文を持ってってやるから、長屋に風でも入れときな」

とわが家に向かった。

やくざの揉め事が朝早くから起こるとも思えない。

金兵衛の忠告に従い、長屋の戸を開けた。

むうっとした熱気が顔に押し寄せてきた。

磐音は大小を抜くと表戸と裏の障子を開き、風を通した。

鰹節屋《かつおぶし》から貰《もら》い受けた壁際の箱の上に、三柱の位牌《いはい》が並んでいた。

終生の友であるべき小林琴平《こばやしきんぺい》、河出慎之輔《かわでしんのすけ》、それに慎之輔の妻であった舞《まい》の三人の位牌だ。その箱の前を片付けて、水を取り替え、位牌を並べ替えて、両手を合わせた。

そこへ金兵衛が、これだと一通の書状を持参してきた。

「造作をかけました」

磐音が書状の主《ぬし》を確かめると、豊後関前藩江戸屋敷の中間頭《ちゆうげんがしら》斎藤六助《さいとうろくすけ》の娘、野衣《のい》からのものだった。

野衣は磐音の朋輩《ほうばい》、勘定方《かんじようかた》六十七石上野《うえの》伊織《いおり》の許婚《いいなずけ》だった。

伊織は藩騒動に絡み、守旧派宍戸《ししど》一派の不正を探ろうと御文庫に忍び込み、敵方に見つかって殺されてしまった。

伊織の死と、国許で磐音が小林らと闘争に及ぶにいたった一件は、黒々と磐音の胸の中に横たわっていた。

野衣の書状は当然旧藩絡みと考えられた。

磐音は書状を開いた。

〈坂崎磐音様　急ぎ一筆認《したた》め参らせ候。江戸藩邸の出入り再び激しく、国表《くにおもて》より急使も再三に及びおり候。殿様の参勤の時節にございますれば、そのことの連絡《つなぎ》かとも考えおり候。
さて昨日、国表より早足の仁助《にすけ》どのが藩邸に到着、御直目付《おじきめつけ》の中居半蔵《なかいはんぞう》様に早飛脚を届けられた由。この仁助どのは昔父の部下の一人にて、御用が終わったあと、わが御長屋に顔を出され、国許の四方山話《よもやま》をしていかれ候。その話尋常ならず、関前城下にて聞き及びし風聞、聞き捨てならず。ご迷惑と候えど連絡致し候。伊織様の一件あり候わば、いつぞやの茶店にてこれより毎日昼時分にお待ち致し候。

坂崎様、ご都合よろしき折り、お出かけのほどお願い致し候　野衣〉

豊後関前から江戸までの二百六十余里、参勤交代の日程はおよそ三十五、六日から四十日を要した。

早足の仁助は、馬や駕籠《かご》を乗り継いでの早打ちとほぼ同じ十二、三日で駆けとおすことができた。

（そうか、藩主福坂実高《ふくさかさねたか》様のご参府の時期か）

おそらく実高様は関前から江戸への道中にあるのだろう。となると、野衣が考えたように参勤行列に関しての急使が頻繁《ひんぱん》に屋敷に到着していることは考えられた。

だが、国表の風聞とはなにか。

磐音は今日にも野衣に会おうと思った。

となれば、まず金貸しの権造親分に断らねばなるまい。顔を上げて、金兵衛はと見ると、遠慮したか姿を消していた。

磐音は長屋の井戸端に行くと手足と顔を丹念に洗った。

鰻を何百匹も割くと生臭い臭いが体に染《し》み付くのだ。ついでに髪も濡《ぬ》れた手で撫《な》で付け、長屋に戻ると再び戸締りをした。といっても泥棒に入られて盗まれるような金目のものはなにもない。

脇差を差すと包平を手に長屋を出た。

さらに気温が上がって磐音を熱気が包み込んだ。

磐音は六間堀から櫓下まで早足で歩いた。

金貸しの権造一家の玄関先も中ものんびりした雰囲気が漂っていた。

奥からは武左衛門の高笑いも響いてきた。

「おめえさんも忙しいな、鰻割きが毎朝の仕事だってな」

代貸の五郎造が、帰ってきた磐音を見て言った。

「五郎造どの、ちと急用ができた。神田明神まで行かねばならぬ。八つ（午後二時）までには戻って参る」

「まあ、昨日の今日だ。親分は夕刻にも永代寺に出掛けると言っていなさる。それまではおめえさんの仲間でなんとかなろうぜ」

磐音の声を聞きつけ、品川柳次郎と竹村武左衛門も上がりかまちに姿を見せた。柳次郎が心得顔に、

「話は聞きました。後はおれたちに任せてください」

と快く許してくれた。

「すまぬ。急いで戻ります」

神田明神は江戸でも古い神社の一つで、上野伊織が殺された直後、野衣からこの境内《けいだい》の茶店に呼び出されていた。茶店の女主《あるじ》が知り合いとかで、神田川を越えれば豊後関前藩の江戸屋敷からもそう遠くはない。

四つ半（午前十一時）過ぎには神田明神の茶店に顔を出していた。縁台に座るか座らぬか、すぐに野衣が姿を見せて、

「お久しゅうございます」

と挨拶した。

「野衣どのも少しは落ち着かれたか」

許婚の上野伊織が殺されてみ月近くが過ぎたばかりだ。

「はい、お蔭《かげ》さまにて普段の暮らしに戻りましてございます」

「すまぬな、まだ約束の墓参りに行けずにおる」

磐音は、伊織を直接手にかけた入来為八郎《いりきためはちろう》と黒河内乾山《くろごうちけんざん》を討ち果たした後、伊織の墓参りに行こうという野衣との約束を果たしていないことを詫《わ》びた。

「いえ、坂崎様が、伊織様の仇《あだ》、入来様と黒河内様のお二人を討ち果たされましたこと、ひそかに快哉《かいさい》を叫んでおりました。墓参りの機会はいずれ訪れましょう」

「野衣どの、国許の風聞とはどのようなものかな」

磐音は話題を転じた。

「しばらくお待ちを」

野衣は茶店の奥に消えた。しばらく待たされた後、野衣が姿を見せて、

「坂崎様、こちらへ」

と茶店の奥の小座敷に案内した。するとそこには中間風の男が控えていて、

「坂崎様、お久しぶりにございます」

と頭を下げた。

「早足の仁助ではないか」

「はい、坂崎様を最後にお見かけしたのは、御番《ごばん》ノ辻《つじ》で小林琴平様と壮絶な戦いをなされた昼下がりのことでございました」

「見ておったか」

磐音は不意を衝かれたように言った。

磐音と河出慎之輔と小林琴平の三人は、江戸参勤を終えて関前城下に帰着した。

その翌朝、磐音は、河出慎之輔が妻の舞を不義の咎《とが》で成敗し、妹舞の亡骸《なきがら》を受け取りにいった琴平が、今度は慎之輔を討ち果たしたとの知らせに驚愕させられた。

国家老宍戸文六は、就任した当初こそ豊後関前藩の礎を築いた人物と評されたが、年老いてもなお藩政を恣《ほしいまま》にし、未だ国家老の座に執着していた。そしてその旧態依然とした藩政は財政悪化を招いていた。なにより家臣の間に混乱と不信を蔓延《まんえん》させ、宍戸派のみが謳歌《おうか》していた。

江戸で磐音たちは関前の藩政と財政を立て直すために修学会という集まりを催し、新しい考えを導入しようと張り切って帰国したところだった。

それが舞の「不義騒ぎ」で一気に瓦解《がかい》した。

幼馴染《おさななじ》みの慎之輔を殺した琴平は錯乱した。

舞の不義の噂を流した山尻頼禎《やまじりよりさだ》を惨殺した琴平は藩の追及を受けることになった。磐音は上意討ちの討ち手に自ら志願して友と戦い、勝ちを制した。

傷心の磐音は藩を離れて江戸に出、浪々の暮らしを始めた。

そんな磐音に、

「親友三人を悲劇の淵《ふち》に誘い込んだ一連の騒動の背後には、隠された真実があるのではないか」

と示唆《しさ》したのが勘定方上野伊織だった。

伊織と磐音はそれぞれの立場から調べ始めた。

関前藩に一万六千五百両もの隠された借財があることを調べ上げてくれたのは、両国西広小路米沢町に店を構える両替商今津屋《いまづや》の老分《ろうぶん》番頭の由蔵《よしぞう》だ。

その調べによると、江戸家老篠原三左《しのはらさんざ》の名で借りられたものだという。しかしながら、篠原はこのところ病気がちの上に老齢、一万六千五百両もの大金を借り受けて天領飛騨《ひだ》から切り出された材木を大量に買い付け、材木相場でひと稼ぎしようなどという気力はなかった。

伊織はこの知らせに基づいて御文庫の帳簿を調べようとして、入来たちの罠《わな》に落ち、拷問《ごうもん》を受けた末に殺されたのだ。

磐音は伊織の仇を討った後、豊後関前藩の守旧派に一人孤独な戦いを挑もうとしていた。

磐音の追憶を断つように仁助が言った。

「あの昼下がりの出来事以来、城下は火が消えたようでございます」

磐音は話題を転じた。

「なんぞ城下によからぬ噂が流れているそうじゃな」

仁助は頷くと、

「その前にあっしがだれに早打ちを命じられたか、そのことから申し上げます。総目付の白石孝盛《しらいしたかもり》様から、江戸の御直目付中居半蔵様に宛てられたものにございます」

「なにっ！　白石様とな」

白石孝盛は磐音の父親、中老坂崎正睦《まさよし》の碁敵《ごがたき》であり、釣仲間であり、幼き頃からの親友であった。

「はい、殿様の参府行列が関前の湊を発《た》ったのが四月の二十五日のことでございました。あっしはそれから八日後の夜に白石様に極秘に屋敷に呼び出されて、その場から江戸に走ることになりました。大坂まで海路を行かれる殿様の行列を、あっしは山陽道で追い越したことになります。白石様は、この書状を中居半蔵様以外に渡してはならぬと厳命なされました。さて、城下に流れる風聞にございますが、殿様が発たれた後、国許で人事が大幅に刷新《さっしん》されるという噂にございます。むろん指揮をなされるのはご家老の宍戸文六様にございましょう」

「実高様が発たれた後に国表で人事に着手されるとな」

いくらかつて功績のあった人物とはいえ、独断専行に過ぎる振る舞いであった。

「噂にございますが、お父上の正睦様は蟄居《ちっきょ》閉門にございます」

「父上が何の咎をもって、蟄居閉門の憂き目に遭わねばならぬ」

「坂崎様、口さがない噂にございます。正睦様に不正の事実あり、と。いえ、これは風聞にございます」

父の清廉潔白は磐音が一番承知していた。

藩主実高の信頼厚い正睦は、藩の財政改革に着手していた。

豊後関前藩には隠された借財のほか、大坂の蔵元に銀二千六百貫（およそ四万二千両）の借財をはじめとして、藩の実高の三年分に当たる借金があった。

この借財の返済計画として、正睦は藩内の物産、干し海鼠《なまこ》、干し鮑《あわび》、干鰯《ほしか》（肥料）、関前紙、椎茸などを藩の物産所に独占的に買い上げて、借上げ弁才船《べざいせん》で上方や江戸に運び込むという、新たな流通機構を考えていた。それが軌道に乗らんとしたときに磐音たち三人が江戸から呼び戻されたのだった。むろん正睦は磐音たちの若い力を藩改革の新しい活力にしようと考えていたのだ。

この藩財政改革は、城下の御用商人やそれと結託してきた守旧派の重役たちには既得権を侵害されることであった。

猛然たる反発と反対があった。

正睦の策、藩物産所買い上げが本格的に実施されれば、これまで甘い汁を吸ってきた旨味は消えてしまうのだ。

「仁助、そなたの考えを聞きたい。白石様が中居様に書き送られた書状の内容と噂は関わりがあると思うか」

「足が速いだけのあっしにはなんとも申せません。ですが、あっしの勘をお尋ねなら、はいと答えるしかございません」

「相分かった」

磐音はそう答えながら、どうしても御直目付の中居半蔵に会わねばなるまいと考えていた。

「坂崎様、今ひとつ、お気を煩《わずら》わせることがございます」

「なにかな。遠慮はいらぬ、申してくれ」

「はい。小林琴平様のお身内のことにございます」

磐音の脳裏に、一年前に祝言《しゅうげん》をあげるはずであった奈緒《なお》の顔が浮かんだ。

奈緒は舞の妹で、磐音、慎之輔、琴平の三人は琴平の妹たちを通してさらに密なる縁を持とうとしていたのだ。

「小林家の当主、元納戸頭《なんどがしら》の助成《すけなり》様が病にて再び倒れられたそうにございます」

「なんと不運ばかりが重なることよ」

助成が中気で倒れたため、勤番を終えた琴平が継ぐことになっていた。それが刃傷沙汰《にんじょうざた》の煽《あお》りで小林家も河出家も廃絶、今また坂崎の家が蟄居閉門となれば、改革派の中心的な人物の家は根こそぎ消えていくことになる。

「奈緒様は暮らしを助けるために着物の仕立てをなされておられましたが、それでは立ちゆかず、どこぞの店《たな》勤めをされるとか、そのような噂が流れております」

分かったとだけ磐音は答えた。

江戸も国許も磐音の助けを求めていた。だが、今の磐音にはどうにも手の打ちようがなかった。

考え込む磐音に野衣が言った。

「奈緒様がお可哀想にございます。差し出がましいとは思いますが、坂崎様、助けの手を差し伸べてあげることはできませぬか」

「野衣どの、今はなんともいたしようがない。奈緒どのが一人頑張り抜くしかないのだ」

そう言った磐音は、野衣に頼みがあると言った。

「今文を書く。この文を御直目付の中居半蔵様に密《ひそ》かに届けてくれぬか。それがし、中居どのにも疑念を抱いておる。そなたが届けたことが分かれば、もしやの場合、そなたにも危害が及ぶやもしれぬ。たれが渡したか分からぬように届けてもらいたい」

中居半蔵は江戸の宍戸派の集まりにも顔を見せていた。

そのことが磐音の頭をよぎったのだ。

「分かりましてございます」

磐音は茶店から硯《すずり》と筆を借り受けて書状を認めた。

この書状が吉と出るか凶と出るか、賭《か》けであった。だが、もはや猶予はなかった。

二人を待たせて、磐音は細心の注意を払って一通の書状を書き上げた。

「頼む」

野衣は黙って頷《うなず》くと受け取った。

「仁助、いつまで江戸に滞在しておる」

国許への文を託したくて訊いた。

「お殿様の行列が江戸に入るまでは藩邸にいよとの命にございます。当分は長屋住まいにございます」

と答えた仁助が顔を改めて、

「坂崎様、あっしは政治《まつりごと》についちゃあ、何も分かりません。ですが、ご家老の宍戸様一派の横車や専横に泣かされてきた家臣方をたくさん見て参りました。何ぞ力になることがあったら、命じてくだせえ」

と言った。

「仁助、なんとも嬉しい言葉だ。きっとそなたの力が豊後関前藩六万石のためになるときが来る。そのときは頼む」

磐音は仁助に頭を下げた。すると仁助が慌てて手を振り、

「坂崎様、頭を上げてくだせえ」

と言った。

四

坂崎磐音が櫓下の金貸しの権造一家に戻ったとき、騒ぎが起こっていた。

品川柳次郎も竹村武左衛門も磐音の姿にほっとした顔をみせた。

「どうしたな」

喧嘩仕度の五郎造に訊いた。

「顎の野郎が思いのほか素早く動きやがった。深甚流の飯岡一郎助と仲間を引き連れて永代寺に乗り込み、今日の夜から境内の一角で賭場《とば》を開く用意をしてやがる。客も夕刻には集まるという話だ。こんな虚仮《こけ》にされた話はねえぜ。親分は、なんとしても賭場は開かせねえと怒っていなさる」

「北町奉行所の臨時廻り同心どのはどうか」

「月形彦九朗なら、夕暮れには顔を出すという噂だぜ」

「ならば親分に言ってくれぬか。まだ日も高い、騒ぎを起こすと町の衆に迷惑がかかる。掛け合いは日が落ちてからにしようとな」

「おめえさんはどうしなさる」

「北町の旦那が厄介だな、工夫がいる。夕刻までには戻ってくる」

「大丈夫だろうな、戻ってくるな」

五郎造が念を押した。

「品川さんと竹村さんもおられる。相手も昼間からは動くまい」

磐音は柳次郎らに後を頼んで、再び櫓下から永代橋を渡って江戸の町に戻って行った。

磐音が訪ねた先は数寄屋《すきや》橋の南町奉行所だ。まだ表門を大きく開いた門前で門番に、

「年番方与力《ねんばんかたよりき》笹塚孫一《ささづかまごいち》様にお会いしたい」

と頼んだ。相手は磐音の風体《ふうてい》をじろじろと眺め、訊いた。

「約定でもあってのことか」

「いえ、そうではござらぬ」

「ならば無理じゃ。笹塚様は御用繁多な方だからな」

と、けんもほろろに断られた。

「いや、門番どの、それがし、笹塚様とは昵懇《じっこん》の間柄にござる。取り次いでいた

だければ必ず会うと言われるはず」

　門前で押し問答していると、槍持《やりも》ち、草履取り、小者《こもの》らを従えた陣笠《じんがさ》の小男が門前を潜ろうとして、

「おおっ、坂崎さんではないか」

　と声をかけてきた。

　振り返るまでもなく、南町奉行所の切れ者与力の笹塚孫一だ。

「これはちょうどよいところに」

「また厄介ごとを持ち込んできおったか」

　笹塚は五尺そこそこの小さな体だが、頭は大きい。その頭に載せた陣笠を脱ぐと、傍らの小者に渡した。そして、磐音の耳元に顔を寄せると、

「南町に得のある話であろうな」

　と囁《ささや》いた。

　笹塚は勘定方に関わる騒動を未然に防いで、悪人が溜め込んだ金を公に没収せず、奉行所の探索費用の足しに繰り入れるという荒業を平然と繰り返す剛の者であった。形《なり》は小さいが度胸が据《す》わったところは、町方与力にしておくにはもったいないほどだ。

「さてそれは」

笹塚は供のものに解散を命じると、門番に、

「茶を二つ堀端に」

と命じた。

数寄屋橋際には、公事《くじ》訴訟の願いを持って奉行所門前に並ぶ人のために、堀端に縁台が並べられてあった。だが、もはや刻限も刻限、公事の列はなかった。

二人は堀を見ながら縁台に腰を下ろした。

磐音は永代寺の夏祭りをめぐるいざこざを話した。

「そなたもいろいろと職を見つけて参るな。そのようなことより六百三十石の跡継ぎに戻ったほうがよいぞ」

笹塚は磐音の境遇を知っていた。

「そちらのほうも厄介が起こっていまして、国許の父が、守旧派の旗頭の国家老どのに蟄居閉門を命じられたそうにございます」

「なんと、あちらもこちらも騒ぎだらけか」

そう言った笹塚は大頭の汗を手拭いで拭《ぬぐ》った。

そこへ門番が盆に茶碗を二つ載せて運んできた。

「これは造作をかけ申す」

磐音は如才《じょさい》なく門番に礼を言った。

笹塚の好みに合わせた茶は熱かった。

茶を啜《すす》った笹塚は門番がいなくなったのを確かめ、

「北町の月形彦九朗は悪評紛々《ふんぷん》の同心でな、あちらでも扱いに困っておる」

「そんな同心になぜ十手を預け続けておられるのです」

「亀の甲羅《こうら》ほどに毛の生えた同心というものは、奉行所の裏表から上司の弱みまで握っているものよ」

と説明した笹塚はしばらく沈思した。

「月形彦九朗には十九になる息子がおってな、すでに見習いに出ておる。つまり隠居しようと思えばいつでも隠居ができる身だ」

「なんぞ醜聞《しゅうぶん》を作って隠居させるように仕向けろと言われるので」

「それではまどろっこしい。あの世に送ったほうがこの世のためだ」

笹塚は大胆なことを平然と口にした。

「それがしにそれをやれと」

「用心棒がそなたの仕事ではないか」

「とは申されますが、金貸しの権造への借りは、子供がかどわかされたとき、相手の隠れ家を探してもろうただけにございます」

「もう十分働いたと申すか」

「いえ、そうは申しません。北町奉行所同心を怪我させてはこちらの首が危のうございます」

「そなた、そのことをわしに相談に来たのであろう。そちらのほうは北町にな、跡目相続を条件に話をつけておいてやる」

町奉行所の与力、同心は一代限りが習わしだ。が、よほどのことがない限り、息子や娘に婿《むこ》養子を取って世襲された。

笹塚は困り者の臨時廻り同心月形彦九朗を、北町奉行所に暗黙の了解を取って、始末させようと言っていた。

「深甚流の飯岡一郎助はどうしますか」

「やくざの用心棒をやるような男だ。叩けば埃も出よう。そなたが汗をかいた頃合いにわしが出張る」

と南町の年番方与力は請け合った。そしてふと思い出したように、

「月形彦九朗は田宮流居合いの遣《つか》い手だ。決して油断するな」

と言い添えた。

櫓下の金貸しの権造一家に再び戻ったとき、戸口には篝火が焚かれ、品川柳次郎や竹村武左衛門、それに五郎造たちが喧嘩仕度も整え、殺気立って集まっていた。

「ようやく戻ってきたな。永代寺に顎一家が勢ぞろいしてるんだよ。おめえさんが戻ってきたら、殴り込みをかけると、親分が息巻いていなさるんだ」

「刻限がまだ早いな。それに腹も空いておる」

そう言うと磐音は台所に行った。

台所も、おかつら勝手女中たちが出入りの仕度に余念がなかった。

板の間には薦被《こもかぶ》りが鎮座して酒の香りをそこはかとなく漂わせていた。だが、まだ蓋は開けられていなかった。それに握り飯が平台に並び、漬物が丼に盛られていた。

「おかつさん、握り飯を馳走になるが、よいか」

「好きなだけ食べなせえ。今、味噌汁を注《つ》いでやるでな」

磐音は昼前から何度も大川を往復して、腹を空かせていた。そのせいで塩握りがなんとも美味《おい》しかった。

「おかつさん、これはうまい」

「越後の米だ、うまかろう」

「どうりでな、美味しいはずだ」

こうなると磐音はだれが声をかけても上の空だ。

奥の居間から権造親分が出てきたが、おかつに、

「親分、浪人さんに話がしたいのなら、満腹になるまで待つんだね」

と止められた。

「なんて浪人でえ。こっちは一家の商売と命がかかってるってのに、暢気《のんき》に握り飯になんぞかぶりついてやがる」

そうはいっても、磐音が食べることに没入している間は権造も待つしかない。

磐音は握り飯を五つ、漬物を菜に食べ、浅蜊《あさり》の味噌汁を三杯飲み干してようやく落ち着いた。

「満腹したかい。なら、永代寺に繰り出すぞ」

「親分、そこにおられたか」

「おられたかじゃねえぜ。出入りが始まろうってのに握り飯にかぶりつく用心棒

もないもんだぜ。押し出すぜ」

「親分、まだ刻限が早い。それに大勢が押しかけては騒ぎが大きくなり、町の衆にも迷惑がかかる。もうしばらく待ってから参ろう」

「おい、なんぞ思案があって言ってるんだろうな。こっちは生きるか死ぬかの瀬戸際に追い込まれてるんでえ。なにしろ、相手は助っ人が多い上に北町までついてるんだからな」

「親分、ここは我慢の為所《しどころ》だ。ところで、顎の親分が今晩から賭場を開くというのは確かでござるか」

「ああ、おれの弟分のところまで案内《あない》が行ってらあ。確かなことだぜ」

「客も大勢集まるので」

「いや、急なことだ。素人衆《しろうと》の旦那方はそう多くは集まるめえ。だがな、顎の身内や兄弟分が集まって祝儀相場になるにちげえねえ。掛け金だって七、八百両は動こうぜ」

「それならば、孫一どのも満足なされような」

　磐音が呟き、権造が、

「どういうことでえ」

と訊いた。

「いや、こっちのことだ。それより親分、歩き疲れた。しばらく横にならせてもらいたい」

そう言った磐音は板の間に肘枕《ひじまくら》でごろりと寝転がった。

権造は怒鳴りかけたが、磐音が頼りだから言うなりに待つしかない。


磐音が目を覚ましたのは四つ（午後十時）前のことだ。眠気覚ましに水を一杯飲み干し、親分の居間に行った。

権造親分は黙りこくって煙管《きせる》を手で弄《もてあそ》んでいた。

「ようやく起きやがったか。出入りは勢いだぜ。おめえさんのせいでうちは雨の祭りだ。すっかりしぼんじまったじゃねえか」

「なあに細工はしてある。さて、親分、出かけようか」

「まさか、また二人ってことはあるめえな」

「それがしだけでは心許《こころもと》ないか。ならば、品川さんと竹村さんと五郎造どのの五人ではどうかな」

「相手は飯岡一郎助ら浪人者と子分どもで三十人は優に超えてるぜ。うちはたっ

「ああ、それでよい。それから五郎造どの、尻端折《しりはしょ》りに襷《たすき》鉢巻はいかんぞ。浴衣の裾は下ろしてくれまいか」

「おいおい、長脇差も置いていけというんじゃあるめえな」

「それでは腰が寂しかろう」

訝《いぶか》しい顔をした権造親分に五郎造、柳次郎に武左衛門、それに磐音の五人は櫓下から夏祭りの催される永代寺に向かった。

この辺りは寺社と町方の管轄が入り組む一帯で、それが賭場を開く名目になってきたところだ。つまりは寺社も町方も成り行き次第でお目こぼしをしてくれたのだ。

北町奉行所の老練な臨時廻り同心をのさばらせる理由でもあった。

永代寺の境内では赤々と松明《たいまつ》と篝火が焚かれ、喧嘩仕度の子分たちが境内のあちこちに屯《たむろ》していた。寺の一角からは賭場の、

「丁方、揃いました」

とか、

「勝負！」

という熱気をはらんだ声が響いてきた。

「出入りだっ！」

「ようやく来やがったぜ！」

騒ぎに、寺の中から浪人たちが飛び出してきた。
十二、三人の真ん中に、巨漢の道場主飯岡一郎助と顎の勝八がいた。
寺の階段上に懐手をした初老の同心がぽつねんと立っていた。

北町奉行所の臨時廻り同心月形彦九朗だろう。

「権造、えらく人数が少ねえが、子分どもは尻込みしたか」

顎が言い放った。

「大勢だと町の衆に迷惑がかかるでな、親分に願って五人で来た。話し合いならば十分であろう」

「またてめえか。このまえのようにはいかねえぜ。うちには飯岡一郎助先生とお仲間が控えておられるのだ」

飯岡一郎助は派手な夏羽織を肩に羽織り、その下には革帯の襷をかけていた。

「深甚流の遣い手だそうだが、大勢でぶつかり合うのはお寺様に申し訳ない。どうです、飯岡どの、それがしとそなたで決着をつけるというのは」

「若造、ぬかしおったな」

飯岡一郎助は左右の仲間に目配せすると、羽織を肩から払い落とし、切っ先の反《そ》りが強い豪剣を片手八双に立てた。さらに脇差を左手で抜くと横に突き出すように広げた。

深甚流得意の二刀流だ。

磐音は包平二尺七寸を静かに抜いた。

権造と五郎造が下がり、柳次郎と武左衛門が刀の柄《つか》に手をかけて身構えた。

「品川さん、竹村さん、一対一の勝負です。ほかの仲間が手を出さない限り、こちらも手出しは無用です」

「承知した」

柳次郎らが後詰《ごづ》めの位置まで下がった。

磐音は飯岡の両手の剣を見ながら、正眼にとった。すると長閑な雰囲気が辺りに漂った。

磐音と飯岡の間合いは一間。

磐音が注視していたのは飯岡の左右の二人だ。

二人は未だ刀の柄にも手をかけていなかったが、その面貌には殺気が滲《にじ》み出て、双眸が血走っていた。

磐音も必死にならざるをえない。

「おおっ！」

右手の着流しの浪人が剣を抜きながら磐音に走り寄った。同時に左手の羊羹《ようかん》色の袴《はかま》も動いた。

二人は阿吽の呼吸で左右から挟撃するように突っ込んできた。

長閑だった永代寺に緊迫が走った。

そして磐音が様相を一変させた。

磐音は正眼の剣の大帽子を水平に寝かせるようにして正面に突っ込んでいった。

飯岡が予想もしなかった行動である。だが、さすがに歴戦の古兵、右手に立てた大刀で払い落とそうとした。

が、磐音の動きは俊敏を極めていた。水平に寝かせた大帽子が飯岡一郎助の喉《のど》頸《くび》に二段三段にすばやく伸びた。

「しゃっ」

飯岡は果敢な攻撃を避け切れなかった。

「ふううっ」

飯岡の喉を切り裂く音と同時に、息が洩《も》れる音が響いた。

磐音は振り撒かれる血飛沫《ちしぶき》を避けなかった。

一瞬立ち竦《すく》む飯岡の胸を肩で突き飛ばすと、前方に走った。そこには門弟たちがいたが、思わぬ展開に飛び下がった。

磐音は門弟たちを無視して、挟撃してきた二人に振り向いた。

磐音の顔から胸には飯岡一郎助の血飛沫がはねて、朱《あけ》に染めていた。それがいつもの長閑な坂崎磐音の顔とは違う印象を与えた。

「くそっ！」

着流し浪人は叫ぶと剣を地擦《じず》りに下げ、背を丸めて磐音の懐に飛び込んできた。

磐音は再び正眼に戻していたが、下段から伸び上がってくる剣を絡めとるように擦り合わせて弾き返し、柔らかく手首を返して、相手の下半身に包平を送り込んだ。

「ぐえっ！」

二人目が崩れ落ちた。

磐音は飛び下がり、三人目の羊羹色の袴の浪人に、

「もはやこれ以上の争いは無益にござろう」

と言いかけた。

そのとき、顎の勝八が、

「おめえさん方、黙って立ってないで押し包んで殺してくんな。そのために日頃から銭を積んできたんだ」

と喚《わめ》き、子分たちにも、

「野郎ども、やっちまえ！」

と言うや、長脇差を抜いた。

品川柳次郎と竹村武左衛門も剣を抜いた。

磐音が乱戦を覚悟したとき、待っていた声が響いた。

「御用だ！　南町奉行所のお手入れである。永代寺で争うなど不届き千万、おとなしく縛《ばく》につけえ」

南町奉行所の年番方与力笹塚孫一に率いられた捕方が、御用提灯《ぢょうちん》を先頭に賭場に飛び込んできた。

いつの間にか月形彦九朗の姿が階段の上から消えていた。

「親分、ここはいったん、裏口から逃げて櫓下に戻るんだ」

磐音の命に四人が暗闇《くらやみ》にまぎれて裏口へ逃げ出した。それにつられるように、深甚流の門弟たちも我先にと闇にまぎれ込んだ。

逃げ遅れたのは賭場を開帳していた顎一家の連中と客たちだ。

次々に捕方たちに縄をかけられていく。

磐音は境内から賭場の開かれていた一角に走り込んでいた。ここでも博奕場《ばくちば》の客たちが右往左往していた。

「博奕はご禁制である。賭け金も寺銭《てらせん》もそのままにしてひったてえ！」

凛然とした笹塚孫一の命が響き渡り、賭場から顎一家の連中や遊客たちが連れ出されていった。するとそこに笹塚と磐音だけが残された。

「権造は、今日の上がりは七、八百両とみていましたが」

「勘定すれば分かることだ」

「笹塚様、この界隈の夏祭りを仕切るのは、これまでどおり金貸しの権造一家でようございますね」

「それでそなたの気が済むならばな」

笹塚が小さな体で胸を張った。

「金勘定は笹塚様にお任せいたします」

磐音はそう言うと賭場を出た。表口はまだ騒ぎが静まっていない。そこで磐音は裏口から櫓下に戻ろうとした。

永代寺の境内は荒れた墓場に通じていた。

磐音が墓に足を踏み入れたとき、待ち受ける影を見た。

北町奉行所臨時廻り同心月形彦九朗だ。

「南町奉行所の大頭に近頃、腕の立つ浪人がついていると噂には聞いていたが、どうやらおまえらしいな」

「坂崎磐音にございます。以後、お見知りおきを」

「おれの稼ぎを南の大頭にさらわれてたまるか」

月形彦九朗は両手をだらりと垂らして、磐音に歩み寄ってきた。

月形の形相には決死の覚悟がのぞいていた。

「お相手つかまつる」

磐音は再び包平を抜いた。

「神保小路の佐々木道場だってな」

「三年ばかり佐々木先生のご指導を受けましてございます」

「てめえの馬鹿っ丁寧《ていねい》な口ぶりを聞いていると虫唾《むしず》が走るぜ」

月形彦九朗はすたすたと間合いを詰めてきた。そして半間で足を止めた。

磐音は正眼に構えた。

春先の縁側で日向ぼっこをする年寄り猫のような、長閑な構えだ。

国許の剣の師匠中戸信継が、居眠り剣法と呼んだ構えである。

二人はその姿勢で睨み合った。

月明かりだけが墓にこぼれ落ちていた。

時が緩《ゆる》やかに流れていく。

雲間に月が隠れて墓を闇に戻した。

ゆるゆると月光が戻ってこようとしていた。

月形彦九朗が無音の気合とともに柄に手を走らせた。流れるような動きで剣を抜きあげて、磐音の胴に送り込んだ。

一撃必殺の抜き撃ちだ。

後の先。

磐音も動いていた。

月形が柄に手を差し伸べるのを見ながら、果敢に踏み込んだ。

正眼の剣が音もなく月形彦九朗の喉に走っていた。

胴の抜き撃ちと喉への斬撃《ざんげき》。

磐音が思い切りよく踏み込んだ分、寸余の差で刎ね勝った。

一瞬の差が生死を分けた。

月形彦九朗が腰から崩れるように落ちた。

磐音が血振りをくれたとき、人の気配がした。

笹塚孫一だ。

「そなたの剣はますます凄《すご》みを増すな」

「難敵でした。怪我だけでは収まりませんでした」

「分かっておる。これで北町にはほっとする与力同心がいるぜ」

と言った笹塚は、

「人に見られぬうちに消えよ。後始末は今晩の返礼、それがしがいたす」

と命じた。

賭場には予想以上の金が残されていたものとみえる。

磐音が黙って頭を下げると、笹塚が紙包みを磐音に投げた。

片手取りに摑むと硬いものが手に触れた。

「いつもただ働きでは相すまぬでな」

今一度、頭を下げた磐音は、墓から櫓下へと闇を伝って走った。

第二章　幽暗大井ヶ原

一

その日、坂崎磐音は六間湯の帰りに髪結い床に回った。深川の長屋住まいを始めてからは、初めてのことだ。

「浪人さんは、どてらの金兵衛さんのとこの人だね」

六間堀のそばに剃刀《かみそり》と櫛《くし》の絵を障子に描いて看板にした熊床《くまどこ》は、親父の名の熊《くま》五郎《ごろう》の一字をとって名づけられた髪結い床だ。

開け放たれた障子の向こうの堀の水が、熊床の天井にきらきらと反射していた。

「金兵衛どのの異名はどてらですか」

「夏でもよ、どてらを着てふらふらしてらあ。まるで溝に湧いたぼうふらのようだぜ」

熊五郎親方はひどいことを言った。

「それに小言の金兵衛とも言われてるな」

「親方、鳶《とんび》が鷹《たか》を生むってのはほんとだねえ」

床屋の隅で将棋《しょうぎ》を指していた棒手振《ぼてふ》りの男が言った。小梅村あたりの百姓家から仕入れた青菜を売り歩く棟次《むねじ》だ。

「今津屋のおこんちゃんのことか。ありゃ、正真正銘の鷹だ。ふるいつきたくなるような美人だもんな」

「だがよ、玉に瑕《きず》は気の強いこったぜ」

「棟次、言い寄って袖にされたか」

「親方、棟次が邪険にされたなんぞは、今に始まったこっちゃねえぜ。餓鬼の時分からのお定まりだ。おこんちゃんに付け文したのは、棟次が七つのときかね」

将棋の相手の左官の久作が言い出した。

壁塗り職人は足場から落ちて腕を折ったとかで、仕事を休んでいた。

「寺子屋の帰りにおこんちゃんに手渡したらよ、次の日、寺子屋の壁におれの付け文が朱入りで張り出されてたんだぜ。師匠に、棟次、付け文をするなら、もそっと上手に書けと怒鳴られたっけ」

当人があっけらかんと告白した。

熊床の表にも白々とした夏の光が散乱していた。

「旦那、これで女に会いに行っていいぜ」

親方が磬音の肩にかけていた布を取ると、出来をしげしげと眺めて言った。

「ならば、それがしもおこんどのに付け文を届けに参ろうか」

「おや、旦那もなかなか言うね」

棟次が手にした駒をかちゃかちゃさせながら言った。

「それは冗談。それがしの相手は男だな」

「そりゃ気の毒なこった」

親方の声に送られて熊床を出ると、いったん長屋に戻った。すると、どてらの金兵衛がどてらを着て、抜けるような青空を見上げていた。

「ひと雨欲しいところだがな」

「夏風邪《かぜ》でも引かれたか」

「あんまり暑いんでどてらを蹴飛ばしたらしいや。そのせいで風邪だ。歳は取りたくないね」

と言った大家は、磐音の頭を見て、

「なんぞ厄介ごとですかね」

「厄介は厄介ですね、なにしろ旧藩の者と会うのですから」

「おまえさんも元の鞘に納まるといいがね。なんたって侍は主《あるじ》持ちじゃねえといけねえや」

金兵衛は磐音の復職を願って、そう言った。

「大家どのには心配をかけますね」

磐音は結い上げたばかりの頭を下げて、長屋に戻った。

過日、南町奉行所の切れ者、年番方与力の笹塚孫一は、深川永代寺の賭場の手入れに行った折り、磐音に五両の褒賞をくれた。

金貸しの権造に貰った金子《きんす》の残りとあわせて、なんと六両もの大金が懐にあった。

それが磐音の気持ちに余裕を持たせて、湯屋と床屋に行かせた理由の一つでもあった。

長屋の戸口を開けっ放しにして、古着屋から購《あがな》ってきた単衣と夏袴《なつばかま》を身に着けた。脇差を差して、亡き友の位牌の前に座った。

一琴平、慎之輔、舞どの、いよいよそなたらが死んだ謎を解きほぐすときが参った。どうか、力になってくれ」

合掌《がっしょう》すると、立ち上がった。

坂崎家伝来の包平《かねひら》を差し落として腰を揺すり、安定させた。

（よし）

口の中で呟くと長屋を出た。

「おやまあ、今日はどんな風の吹き回しだねえ」

長屋の住人の一人、水飴《みずあめ》売りの五作《ごさく》の女房おたねが磐音の姿を見て、言った。

「野暮用にござる」

そう言い残した磐音は、長屋から御籾蔵《おもみぐら》の白壁沿いに大川に出ると左岸を下った。小名木《おなぎ》川に架《か》かる万年橋を渡り、霊雲院の前から清住町へ、さらに仙台堀を渡って深川佐賀町に抜け、永代橋に出た。

夏の太陽は中天にあって、橋の上をぎらぎらと照らしつけていた。

さえぎるものもない、長さ百二十間の橋を磐音は東から西に渡った。さらに御船手番所前に架けられた豊海橋を渡る。

磐音の足は大川河口を塞《ふさ》ぐように浮かぶ佃島《つくだじま》の対岸、鉄砲洲《てっぽうず》に向かっていた。

呼び出しの場に到着したのは、暑い盛りの八つ（午後二時）過ぎだ。

鉄砲洲河岸の料亭深山亭の門前にはすでに、菅笠《すげがさ》を被《かぶ》り、白絽《しろろ》を着流した武士が立っていた。

「これは中居様、お呼び立てをいたしましたそれがしが遅れて、なんとも相すまぬことにございます」

磐音は豊後関前藩江戸屋敷の御直目付、中居半蔵に頭を下げた。

御直目付は、家老をはじめ重役諸職の勤務を監察する役職である。

禄高《ろくだか》は七百石で、家臣たちから、

「御直目付どのは謹厳実直、その上癇性《かんしょう》」

と恐れられていた。

菅笠の下の顔は顎がしっかりと張り、剃《そ》ったばかりの髭痕《ひげあと》が青々としていた。

背丈は五尺六寸余、がっちりとした体格であった。

「なんの、こちらが約定の刻限より早かっただけじゃ」

と磊落《らいらく》に応じると、

「いつかはそなたから呼び出しがあると思うておった」

と言った。

坂崎家は中老職で、禄高も六百三十石と、家格は中居家とほぼ同じだ。だが半蔵は、磐音より十歳ほど年上の三十九歳であった。

お互い他人行儀な口調で会話を交わした。

磐音が江戸藩邸にいた頃、中居半蔵と親しく口を利いたという覚えはなかった。

「ほう、それはまたどうしてですか」

半蔵が後ろの料理茶屋を振り返った。

「過日、ここで江戸次席家老宍戸有朝《ありとも》様の着任祝いがあった。祝いといえば体《てい》はよいが、江戸宍戸派の踏み絵の宴。そなたは、それがしが出席したことを承知でここにわざわざ呼び出したのではないのか」

磐音は首の後ろを手でぽんぽんと叩いた。

「御直目付どのには小細工は無用でした。謝ります」

潔く磐音は頭を下げた。

「宍戸派の牙城《がじょう》の料理屋に上がるわけにはいくまい」

中居半蔵はすたすたと鉄砲洲を南に向かって歩き出した。

左手の海には帆船が往来し、佃島沖には帆を畳んだ千石船が停泊していた。大方、上方から下りものの荷を積んできた船であろう。

「ちょっと待ってくれ」

中居は、今しも佃島に向かおうとした渡し舟を止めると乗り込んだ。

磐音も続いた。

渡しの船頭が竿《さお》を一突きして櫓《ろ》に変えた。

夏の海に、青葉を繁らせた島がぽっかりと浮かんで渡しを迎えた。

『遊歴雑記』に、

「海上の眺望は風色いはん方なし」

と評された風景である。

渡し舟は、石垣が積まれ杭《くい》が並び立つ船着場に到着した。

中居半蔵は酒手をなにがしか船頭に渡した。武家方は船の渡し賃は無料であったからだ。佃島をよく承知か、中居は船着場近くの葦簾《よしず》張りの店に磐音を連れていった。漁師の女房が片手間にやっているような、安直な店だ。

「深山亭というわけにはいかぬが、酒肴《しゅこう》はこちらがずっと美味《うま》い」

と言いながら、江戸の海に張り出すように作られた板の間に磐音を案内した。

二人は座して向かい合った。

「食い物は話のあとだ」

と中居半蔵は慣れた様子で酒だけを注文した。

「坂崎、本来ならば国許で藩の財政に大鉈《おおなた》を振るっているところであろうに。小林琴平、河出慎之輔両人のこと、まことにもって言葉もない」

磐音は黙って頭を下げた。

「今日、それがしを呼び出したは、二人の死と関わりのあることかな」

「慎之輔を斬ったのは、琴平にございます。その琴平を死に至らしめたのはそれがしです」

「上意討ちであったそうな。江戸藩邸をあれほど騒然とさせた一件を、それがしは知らぬ」

陽に焼けた顔の女が酒を運んできた。

二人は会話を中断すると、酒を注《つ》ぎ合った。

「まずは一献《いっこん》」

中居の音頭で杯の酒を飲んだ。

「坂崎にはなんの罪科《つみとが》もない。が、そなたは藩に暇乞いをして江戸に出て参った。その気持ち、察して余りある」

中居半蔵の顔には厳しい表情があった。

「坂崎、単刀直入に訊く。むろん、中居半蔵個人の気持ちでもあり、御直目付の職分ともいえる」

「それがし、中居様を信じてようございますか」

「そなたは宍戸派の集まりにそれがしが出たことに拘《こだわ》っておるのか」

「はい」

「目付の役目、知らんでは済まされぬ役職でな。糞《くそ》にたかる蠅《はえ》の集まりにも如才なく顔を出す」

険しい顔で吐き捨てた。

「今ひとつお尋ねいたします。中居様の忠義は、たれをもって第一となされますか」

「知れたこと。藩主福坂実高様ご一人《いちにん》じゃ」

「中居様、失礼の数々お許しくだされ。それがしの胸の疑い、正直に相談いたします」

頷いた中居半蔵が、

「その前にこちらからも訊きたきことがある。過日、藩邸近くで入来為八郎と黒河内乾山の死体が転がっておるのが発見された。この二人を斬ったのは、そなたじゃな」

「はい、二人は勘定方上野伊織を惨殺した下手人にござれば、仇《あだ》を討ちましてございます」

「やはりそうであったか」

と首肯《しゅこう》した中居半蔵は、

「お互い胸のうちをさらけ出そうではないか」

と提案した。

頷いた磐音から話し出した。

「中居様、上野伊織は御文庫に帳簿を調べに参って、宍戸派の知るところとなり、拷問を受けた上に殺され、警告の意を含めてそれがしの住む長屋近くの堀に投げ込まれたのでございます」

中居はしばらく黙っていたが、訊いてきた。

「帳簿とはなんの帳簿かな」

「中居様は、江戸家老の篠原三左様の名で大坂の両替商天王寺屋五兵衛《てんのうじやごへえ》に八千両、近江屋彦四郎《おうみやひこしろう》に三千五百両、江戸京橋の同業藤屋丹右衛門《ふじやにえもん》に五千両と、都合一万六千五百両の借財があることをご存じですか」

中居は、承知しているともしていないとも答えなかった。だが、驚愕の色が知らなかったことを物語っているようであった。

「篠原様はこの大金をもって天領飛騨から切り出された材木の買い集めに走られ、江戸に運び込まれました。が、明和九年二月の大火で、値上がりすべき材木は灰《かい》燼《じん》に帰したのでございます」

「な、なんと」

「豊後関前藩には、従来からの借財に加え、一万六千五百両の借金と利息が増えたことになります。この新たな借金を病《やまい》がちの篠原様が行われたとか」

「棺桶《かんおけ》に片足を突っ込まれたご家老にはできぬ相談じゃな」

中居半蔵は言い切った。

「そなた、その事実をどうやって調べた」

「両国西広小路の両替商、今津屋の手蔓《てづる》で知りましてございます」

「ほう、そなた、江戸でも一、二を争う両替商と昵懇か」

「ちとわけがございまして」

磐音が答え、中居はそれ以上追及しなかった。

「上野伊織が殺される前に、それがしが予想だにせぬことを知らせに参りました。

中居様もご存じのように、江戸にあるとき、われらは修学会という集まりを催しておりました。琴平も慎之輔も伊織も仲間にございました。昨年の初夏、われらは江戸を離れ、国許に帰参しました。その翌早朝に慎之輔が妻の舞どのを殺す騒ぎを引き起こし、その慎之輔を舞どのの兄の琴平が殺し、その琴平をそれがしが討ち果たしました。その知らせが江戸屋敷に届くやいなや、中居様は修学会を中止なされたそうな」

「坂崎、宍戸派は気を高ぶらせておった。いかなる不測の事態が起こらぬとも限らぬ。ゆえにそれがしの一存で中止を命じたのだ」

磐音はしばらく沈思した後、頷いた。御直目付のとった行動にも一理あると思ったからだ。

「上野伊織は、国表のわれらの一件、舞どのの不義騒ぎを撒き散らし、われらを同士討ちさせた背後にはなんぞ隠された謎があるのではないか、同士討ちにするよう仕向けた人物がいるのではないかと、それがしに示唆したのでございます。中居様、このこと、どのように考えられますか」

中居はしばらく両手で顔を覆《おお》い、上下に動かしながら考えに落ちた。

両手をとった中居の顔は苦悩に満ちていた。

「不正に借りられた大金、そなたらの刃傷沙汰、そして上野伊織の死はすべて関わりがあると申すか」

「それがし、伊織が殺されたときにそのことを実感してございます。そして、こたび、国表では、それがしの父が国家老宍戸文六様に蟄居閉門を命じられたそうな」

「うっ」

という呻《うめ》き声を洩らした中居は、一瞬後、合点した様子で、

「早足の仁助か」

と呟いた。

「坂崎、そなたの申すこと、得心がいかなくもない。だが、証《あかし》がない。藩を専断する宍戸派を追い落とすには、確たる証がなければならぬ」

「確かに」

「だが、それがしがかねがね気になっていたことを氷解させてくれたことも確かじゃ」

中居半蔵は空になっていた自分の杯に酒を注いだ。そして、磐音の杯も空と気づくと、

「これは失礼した」

と言いながら注いでくれた。

「そなたは神保小路の佐々木玲圓門下であったな。江戸に出て以後、先生と会うたか」

「はい。過日、先生から道場を訪ねてくるようにとの伝言がございましたので、参りました」

「うん」

と答えた中居は不意に話題を元に戻した。

「仁助が届けてきた早打ちじゃが、国許では、当分粛清と暗殺の嵐が吹き荒れようと書いてきた。そなたの父上、坂崎正睦様の蟄居閉門も強引な宍戸様の専横じゃ。殿が江戸参府に出られた隙《すき》になんという恥知らずか」

中居半蔵の顔が怒りで赤くなったように見えた。が、それは一瞬のことだった。

「坂崎、豊後関前藩六万石は獅子身中《しししんちゅう》の虫を抱えておる。それも国許、江戸と大勢が、忠臣面で巣食っておるわ。こやつらを退治するには生半可なことでは参らぬ」

「こたび、次席家老に宍戸有朝様が着任なされ、さらに江戸藩邸の宍戸派は強化されたように思えます。人数は何人と数えればよいのでございますか」

「ただ今は二十一人、参府の行列が江戸に到着すれば、三十六、七人になろうか」

中居半蔵はすべてを把握している様子で明快に答えた。

「かなりの数にございますな」

「六万石の家中にはびこる虫にしては数が多い」

「どうしたもので」

「そなたが今津屋と親しき仲なれば、篠原様の名のもと、京橋の藤屋丹右衛門への五千両借り受けの場に立ち会った者がだれか、訊きだしてはくれぬか」

「承知しました」

「それがしは上野伊織が叶わなかった御文庫の帳簿を調べる」

と請け合った。

「坂崎、それがしに連絡《つなぎ》をつける途を持っておるようじゃな。だが、江戸屋敷の者を動かすのは考えものじゃ。いや、その者が信頼ならんと言っておるのではない。伊織の二の舞を気にせねばならぬ」

磐音も野衣に危険なことを続けさせる気はなかった。

「それがしは、その昔、佐々木先生の門弟の一人でな、親しき交わりもあった。今ではそのことを承知しておる藩の人間はおるまい。なんぞあれば佐々木先生のもとに書状を届けよ。すぐにもそれがしに届くよう手配しておく」

まさか中居半蔵が佐々木玲圓門下とは考えもしなかった。

「畏《かしこ》まりました。それがしに連絡をつけられる際には今津屋にお願い申します。店を仕切る老分番頭の由蔵どのか、奥向きの女中おこんさんなれば、それがしの手元にすぐに知らせが参ります」

分かったと応じた中居半蔵がようやく顔の表情を和らげ、

「殿の参府行列は箱根の山にかかったあたりであろう。宍戸派の面々にお会いになる前に、なんとか国許の事情をお知らせしたいものじゃが」

と胸の懸念を呟くように言った。

「御直目付のご苦労お察しいたします」

「文六めの目付役であった福坂志山《しざん》様が病に倒れられたことが、文六を増長させる一因にもなっておる」

「志山様が病に……」

「おお、ふた月も前のことじゃ」

志山は藩主実高の叔父で、宍戸文六の言動に文句をつけることのできる人物であった。

不意に中居半蔵が磐音の顔を見た。

「そなたらが国許に健在なればな」

と嘆いた中居が、

「いや、そうではないぞ。そなたが藩の外におることは、かえって好都合かもしれぬ」

と言い直した。

「中居様、それがし、もはや豊後関前藩の家臣ではありませぬ」

「ならば、なぜそれがしを呼び出した」

「…………」

亡き友のためであり、真実を知るためであった。

「殿もそなたを藩外に出したなどとはお考えになっておられぬわ。それにそなたの父上のこともある。正睦様が不正を働くなどということがあろうか。それを文六め、己の悪行を棚に上げ、中老を藩政から遠ざけおった。坂崎、数少ないが、国許にも心ある藩士は残っておる。必ずやお父上の助けになっておろうから、心配いたすな」

「はっ」

と畏まった磐音を見た中居半蔵は手を叩いて、

「新しい酒と料理を運んでくれ」

と命じた。

二人は江戸の海で獲れた新鮮な魚をあてに酒を飲み、佃島からの終い舟で江戸の町に戻ってきた。船着場で左右に別れようとすると中居半蔵が、

「そなた、関前に行くことになるやもしれぬな」

と言った。

「その要あれば」

と答えながら、国許で苦労しているという奈緒の顔が浮かんだ。

二

翌日、磐音は宮戸川の仕事帰り、両国橋を渡った。

両国西広小路では朝市が立って、青物などが路上に広げられ、多くの買い物客

で賑《にぎ》わっていた。

「坂崎さん」

と人込みから声をかけられた。

振り向くとおこんが陽射しの中に立っていた。

白っぽい紬《つむぎ》を着こなしたおこんは一段とあでやかに輝いていた。おこんの後ろに小女《こおんな》が控え、竹笊に青菜や胡瓜などを入れて立っているところを見ると、買い物に出てきたらしい。

「おこんさんか、今日も暑くなりそうじゃな」

「なんとしてもひと雨欲しいわね」

「大川の水もどんより流れている」

「お出かけなの」

おこんが訊いて、磐音が答えた。

「今津屋の老分どのに願い事です」

「ならご一緒しましょうか」

おこんと磐音が肩を並べ、小女が後に従った。するとあちこちから、

「おこんさん、残った夏大根だが買ってくだせえ」

とか、

「よう、お似合いだよ。西瓜《すいか》を安くしとくからさ、持っていっちゃくれねえか」

と声がかかった。

今津屋のおこんは両国界隈でも評判の美人として知られていた。

そんな声におこんは、

「夏大根が残るようなら、うちの台所に持ってきて」

とか、

「あいにく、西瓜は昨日買ったばかりなの」

とか、小気味よく応対して人込みを抜けた。

そのとき、二人の行く手から、

「わあああっ！」

という叫び声が起こり、人込みがさっと二つに割れた。

磐音たちが見ると、浪人者が三人、隠居風の老人の肩を小突いては、怒鳴り声を上げていた。その足元では小僧が土下座して頭を石畳に擦《こす》りつけていた。

「この小僧、武士にぶつかっておいて、挨拶もなしか。小僧の不始末は主の不始末じゃ。そのほう、この世に十分生きておるとみえるが、礼儀も知らぬか」

「これは申し訳のないことで。ですが、お侍様、私も新吉も何度も謝りましてございますよ。ほれ、新吉をご覧ください」

「これが謝っておると申すか」

頭分《かしら》が土下座した小僧を蹴った。

小僧が悲鳴を上げた。

「乱暴はよしてくだされ。金が要《い》るのならそう言ってくだされ。隠居の身、たくさんは懐にしておりませんが、御用立てしますでな」

「ふざけたことをぬかしおって。高木、こやつを人込みから連れ出せ。挨拶の仕方を教えてやろうではないか」

仲間が頷くと老人の手を摑んだ。別の一人が小僧を引っ立てようとした。

「お前さん方、お待ちなさいな」

磐音の傍らからつかつかとおこんが出て行き、

「讃岐《さぬき》屋さんのご隠居様、小僧さん、とんだ災難ですね」

と言い放った。

「女、邪魔立ていたすな。痛い目に遭うことになるぞ」

三人のうち、髭面の大男がおこんを睨んだ。

「近頃、人込みで自分からぶつかっておいて、お金を強請《ゆす》ろうという輩《やから》がこの界隈に出ると聞いてたけど、おまえさん方だね。ここは朝市が立つ西広小路だよ。人と人がぶつかるくらいは当たり前なんだ。それをいいことに脅迫《おどし》の材料《たね》にしようなんて薄汚いね」

おこんの切れのいい啖呵《たんか》が飛んだ。

「ぬかしおったな。高木、富田林、かまうことはない。この女も連れていけ」

浪人の頭分が命じた。

「呆れてものが言えないわ。ご隠居さんも小僧さんも行きましょうか」

おこんが二人をかばうようにその場から連れ出そうとした。するとおこんの肩を頭分がむんずと摑んだ。

その手首が反対に磐音に摑み返され、捻り上げられた。

「あ、痛てて。何をいたすか！」

「おこんさんの言われるとおり、無理を言ってはいかぬな」

磐音の声が長閑《のどか》に響き、

「おこんさん、下がっていてください」

と注意した。

無法者の仲間二人が気配もなく剣を抜いた。

磐音の手が軽やかに逆手に捻られて、頭分の巨体が宙に舞った。

「玉や！」

さすがに両国、人込みの中から声がかかった。

浪人二人は怒りに我を忘れた。

「叩っ斬ってやる！」

高木と呼ばれた浪人が、上段に振りかざした剣を叩きつけるように振り下ろしてきた。

その懐に飛び込んだ磐音が胸を肩で突いた。すると相手は、
どーん！

と尻餅《しりもち》をついた。

残る一人富田林が、振り向く磐音の喉首めがけて、突きの構えで突っ込んできた。

磐音は余裕を持って切っ先を躱《かわ》すと、腕を取り、膝《ひざ》で下腹部を蹴り上げていた。

三人目も腰砕けに倒れ込んだ。

「そなたら、まごまごしていると町方が駆けつけて参るぞ」

磐音ののんびりした声に、浪人たちは慌てて人込みに紛れるように走り込んでいった。

「ようっ！　日本一！」

「待ってました！」

両国西広小路に歓声が起こった。

「おこんさん、ご隠居どの、小僧さん、ここは退散するに限ります」

磐音とおこんに導かれて今津屋の前まで人込みを掻《か》き分けてきた。

「おこんさん、いやあ、助かったよ。それにしてもおこんさんの知り合いはお強いな」

讃岐屋の隠居の半左衛門《はんざえもん》が磐音に白髪《しらが》頭を下げた。

そこへ老分番頭の由蔵が顔を出して、

「どうなされたな」

と訊いてきた。

おこんが手際よく経緯《いきさつ》を話すと、

「そりゃ、ご迷惑でしたな。半左衛門様、そやつらが待ち受けているとも限りません。うちでしばらく休んでいってくださいな」

と言い、おこんに、

「お二人を奥にな」

と命じた。

讃岐屋の主従が奥に消え、今津屋の店の前に磐音と由蔵が残された。

「今日はなんぞ御用ですかな」

「頼みごとばかりで恐縮ですが、先日、調べてもらった豊後関前藩の借金のことです」

「立ち話もなんです、こちらにお入りなさい」

二人が入ると、

「坂崎様、いらっしゃいまし」

という声が磐音を迎えた。

磐音はこれまで今津屋の用心棒を何度か務めていたから、大勢の奉公人とも知り合いだ。

「暑いですね」

磐音は挨拶を返すと板の間に上がり、由蔵の席の傍らに座った。

江戸の両替商でも一、二を争う今津屋の老分の机は、帳場格子《ごうし》に囲まれて、ちよっとした商用の話ができる広さがあった。

　老分とは、両替商の総支配人の呼び方で、別家格の番頭のことを言った。だが、由蔵は分家せずに今津屋で睨みを利かせていた。

「豊後関前藩は京橋の両替商藤屋どのに五千両の借財がある。そのことは、過日、藤屋の老分の久兵衛どのからそれがしが確認をもらいました。その時、深くは突っ込めませんでしたが、借り受けには江戸家老の篠原三左様が来られたか、はたまた代理の者が顔を出したか、借り受けを実際に担当した者の名を知りたいのです」

「それは困りましたな」

　と由蔵は言った。

「いえね、私どもの仕事は守秘がお客様との約束事なのです。藤屋さんが坂崎様に洩らされたこと自体がすでに違反でな」

「それは重々承知です、そこを由蔵どののお力でなんとか」

　磐音も必死だった。

　しばらく考え込んでいた由蔵が、

「仕方ない、坂崎様のことだ。ひと肌脱ぎますか」

と胸を叩いた。

「助かります」

「ただし、坂崎様、私も今津屋を預かる身、ただ働きというわけには参りませんぞ」

と言った。

「どうすればよろしいのか」

「夕刻まで待ちなされ。私が藤屋様まで同行して、老分の久兵衛さんにお頼みしてみましょう。その後、私には所用がございますれば、それにお付き合いいただくというのは」

「それは一向に構いませんが」

「ならば、台所に参られて、昼餉《ひるげ》でも食べていらっしゃい」

かって知ったる台所に行くと、

「おや、また用心棒の仕事かねえ」

と勝手女中のおつねが笑った。

「いや、老分どのに頼みごとに来ただけでな、夕刻まで待つことになった。老分どのに飯でも食って待てといわれたのだ。仕事もせぬのにちと恐縮じゃが」

「そんなことかね。坂崎様の食いっぷりは店でも評判、いつでもこらっせえよ」

その日の昼食《ちゆうじき》は冷やしうどんに焼きおにぎり、古漬けの漬物が丼《どんぶり》に盛られて、すでに盆上に並んでいた。うどんの具は青葱《ねぎ》、茗荷《みようが》が刻んであった。

「暑さでみんなげんなりしているでよ、味噌仕立ての汁でつるつるうどんだ。汁には胡麻《ごま》も擂《す》り込んであるで、体にもいいよ。たっぷり食べなっせ」

磐音は奉公人より一足早く味噌胡麻風味の汁でうどんをすすった。そこへおこんが顔を出したが、

「坂崎さんは、食べている間は何を言っても無理ね」

とまた奥へ戻っていった。

磐音がうどんと焼きおにぎりを三つ食べて満足したところに、奉公人たちが交代で食事に来た。

若い手代《てだい》や小僧たちだ。恐ろしいほどの勢いでうどんをすすり、焼きおにぎりをぱくついた。そして、さっさと店に戻っていった。

今津屋では昼は手の空《す》いたものから食べる習わしだ。次から次へ新手がやってきては、交代していく。

一息ついた頃、再びおこんが顔を出した。

「最前、台所に顔を出していたようじゃが、なんぞ用事だったかな」

「讃岐屋のご隠居が、お帰りになる前にご挨拶をしたいとおっしゃったの。でも、坂崎さんは、うどんをすすっているんだもの、上の空で挨拶を受けるどころじゃないでしょう。そう申し上げて、気持ちだけは伝えますとお送りしたの」

「それは手間をかけたな」

「讃岐屋様は江戸でも名代の紺屋《こうや》さん。そのうち、お礼が届くかもしれないわね」

「なにもしたわけではない。お礼なんぞは困る」

「番頭さんに頼みごとはしたの」

「お蔭《かげ》さまで引き受けていただいた。夕暮れに老分どののお供で京橋の藤屋どのに参る。その後、どこぞにお付き合いすることになっておる」

「あれまあ、あの仕事を引き受けさせられたの」

「あの仕事とはなにかな」

「まだ聞いてないんじゃあ、私から話すわけにはいかないわ。ともかく老分さんは、うまい具合に坂崎さんと会うことができたのよ。昨日から、坂崎さんにお頼みするかどうか、迷ってらしたもの」

「そうか、これは仕事か」

「仕事よ、たっぷり汗をかくかもしれないわ。坂崎さん、いつもの部屋で体を休めておいたほうがいいわ」

とおこんが言った。

「ならば安心して、昼寝でもいたそうか」

今津屋の階段下の控え部屋に行くと、磐音は満腹した腹を抱えて昼寝を始めた。

磐音が目覚めたとき、すでに夏の日は傾き始めていた。慌てて店に行くと由蔵が小僧の宮松に供を命じていた。

「おおっ、起きられたか。ならば出かけますかな」

宮松が提灯《ちょうちん》を持たされたところをみると、帰りは遅くなると磐音は覚悟した。

「行ってらっしゃいまし」

という奉公人たちの言葉に送られて、馬喰町《ばくろちょう》の通りに出た。

ここいら辺りは公事宿《くじやど》や旅籠《はたご》が軒を連ねる一帯で、泊まり客が番頭に迎えられたりしていた。

由蔵はちょこまかと足が早い。

長身の磐音も追いつくのが大変なくらいだ。

宮松など小走りに付いてくる。

東海道常盤町の筋に店を構える藤屋丹右衛門の店の前に来ると、両替商の標章、分銅《ふんどう》が軒にぶら下がり、夕日を浴びていた。

「おや、今津屋さんの老分さんに坂崎さん」

店の奥から声がかかった。

「ちょっとお邪魔しますよ、久兵衛さん」

由蔵は藤屋の老分久兵衛に挨拶すると目配せした。すると久兵衛が、

「込み入った話ならばこちらにお上がりを」

と店の奥の小部屋に由蔵と磐音を案内した。

「久兵衛さん、ちょいと無理を承知の願いごとです」

と由蔵が磐音を見た。すると久兵衛が呑《の》み込んだように、

「先ごろのご融通に関わる話ですな」

と磐音と由蔵を交互に見た。

「久兵衛さん、無理は承知だ。五千両を借りられたとき、実際に実務を担当なされたのはだれか、耳打ちしてはくれまいか」

由蔵が言った。

「番頭どの、藩の内紛に絡むこと、融資を快諾なされた藤屋どのにはなんとも申し訳ないことながら、藩の浮沈に関わる大事でござる。このとおりです」

磐音は頭を深々と下げた。

「坂崎様、頭を上げてくださいな。あの一件については、関前藩は約定に違反なされて、利息の払い込みもない。うちでも困っているのです。なにがお知りになりたいので」

「借受人の名は江戸家老篠原三左様だそうにございますが、番頭どのは篠原様に直《じか》に面談なされましたか」

「いえ、篠原様には一度も」

「では関前藩の窓口はたれにございましたかな」

「御留守居役の原伊右衛門《はらいえもん》様にございますよ」

原は宍戸一派の中心人物だ。

「それで氷解いたした」

磐音は大きく頷いた。

「このところ再三再四、原様にご面会を願っておりますが、家老の篠原様が病気ゆえ待てとか、居留守ばかりでしてな、うちでも困っております」

「迷惑をかけます」

磐音は頭を下げた。それしか今の磐音にできることはなかった。

「久兵衛さん、私はね、いずれこの坂崎さんが藩に帰参なされて、腕を振るわれるときが来ると信じています。そのときまで気長に待ってくださいな」

今津屋の由蔵が慰め、

「お邪魔しましたな」

と立ち上がった。

三

三人は京橋から東海道をさらに下った。三縁山増上寺《ぞうじょうじ》の前を通り過ぎても由蔵の足は止まらない。

暗くなった通りを必死で小走りになりながら、提灯で照らす小僧の宮松の弾む息が響く。

左手から潮騒《しおさい》が聞こえてきた。

品川の海だ。

磯の香も磐音の鼻をついた。

由蔵はさらに足を速めて品川宿を駆け抜けた。

なんとも健脚である。

その由蔵の足の運びが緩やかになったのは、紅葉で有名な海晏寺《かいあんじ》を過ぎたあたり、江戸の内外《うちそと》を示す辺りに差しかかったときだ。

由蔵は海晏寺の南の塀に沿って西にゆっくりと折れた。

宮松の照らす提灯の明かりが急に強くなったように感じられた。

闇が濃く、深いせいだ。

「この海晏寺裏は大井村でしてな、鄙《ひな》びておるといえば格好もつくが、ご覧のとおり人の往来もないほどに寂しい」

「このようなところに今津屋の客がお住まいですか」

「さよう、茶道の宗匠梅村後流《うめむらごりゅう》様の別宅がございましてな、世間には侘《わ》びとか寂《さ》びとかいって、風雅な暮らしをしているように装っております。だが実態は、町奉行所の目を掻い潜ろうと、取締りの甘い江戸の外に逃れ住んでいるだけにございます。この梅村後流、隠れた顔は金貸しにございますよ」

ようやく今津屋と関わりのありそうな話になってきた。

海晏寺の塀の反対側の竹藪《たけやぶ》がさわさわ鳴って、宮松は恐ろしそうだ。

「坂崎様はうちの商いのひとつに、無償で預かり、利息を取って貸し出すというものがあるのはご存じですな」

「はい」

「今津屋では町の金貸しに資金を融通して利息を得ております。そのひとつが梅村後流にございます。後流の本名は奥平右近《おくだいらうこん》という御家人崩れでしてな、先代が遊びに身を持ち崩して、割下水の拝領屋敷を出たのです。右近は幼いときから金で苦労したせいで、二十歳《はたち》過ぎで闇の金貸し商売に手を出したのです。烏金《からすがね》と称する棒手振り相手の日貸し商いからだんだんと手を広げていった。うちでは同業に頼まれて十数年前に何十両か融通したのが、付き合いの始まりです。利息はちゃんと入れてくれる、いい客でございました。ところが梅村後流と名を変えた数年前から、商売が大胆に、阿漕《あこぎ》になったようなんで」

「阿漕とはどのように」

「法外な利息に厳しい取立て、浪人者ややくざ者を使って脅《おど》す。ときには腕ずくで取立てに走り、金が返せぬとなると娘を女郎屋に身売りさせる。後流の用心棒の首領は一徳寺《いっとくじ》大願《だいがん》という剣客だそうで、十智《じっち》流の剣術の達人だそうです」

「今津屋どのでは気づかれなかったのですか」

「さよう、世間の噂にのぼり始めて慌てたような次第。こればっかりは、うっかりしていた老分の私に責任がございます」

由蔵は吐息をひとつ吐いた。

「近頃ではお上の取締りも厳しくなった。そこで後流は大井村に身を潜《ひそ》めて茶の湯なんぞに隠れ、まだ欲気が残った隠居なんぞを集めては、若い女をあてがって金を借りさせ、取立てができないとなると店に行って騒がせる、といった手口の商いをやっているそうで。私も今の今まで知りませんでした。それを知ったのは、神田の花車《だし》師の一家が心中沙汰を起こした一件のあとでございましてな」

花車師とは、山車《だし》の飾りなどを作る職人の頭のことだ。

磐音も読売で、花車師一家が石見《いわみ》銀山を飲んで死んだという一件を読んでいた。

「それの背後に後流が関わっていると知ったとき、旦那様が私に、奥平右近とは即刻、商いの縁を切れと厳しく命じられたのです。そこでうちでは元金引き揚げを度々《たびたび》通告してきましたが、なしのつぶて。それでもあの手この手で催促は続けてきました。それがふいに、大井村にて一夕、茶の湯を催す、ついてはそこで一服茶を差し上げたい。その後、元金利息をそっくりお払いしたい、と言ってきたのです」

「それはよかった」

「はてね、そう簡単に梅村後流を信じてよいものか」

「なんぞ怪しむべきことがありますか」

「後流は元々侘び寂びとは無縁の人ですからね」

磐音はようやく同行を求められたわけを納得した。

行く手の道は坂道に変わっていた。

仙台坂だ。

左手に陸奥《むつ》仙台藩の下屋敷があるので仙台坂と呼ばれる。

由蔵は下屋敷をさらに通り過ぎて、大井ヶ原に入っていった。するとどこからともなく、人の話し声が風に乗って流れてきた。

明かりもちらちらと洩れてきた。

「あれが梅村後流の別邸、享楽庵にございますよ」

「老分どの、後流への貸し金はいかほどでございますな」

「うちでは用心していたので、五百両が元金、利息が三十二両にございます」

三人は洒落《しゃれ》た茅葺《かやぶき》の門前に到着した。

門を潜ると細い敷石の道の左右には露草などが配されて繁り、石造りの小さな灯籠《とうろう》などが明かりを落として風流を装っていた。

格子戸の前で由蔵が呼びかけると、小粋《こいき》な装いの女が出てきた。

年の頃合いは三十前後か。

「両国西広小路の今津屋にございます。梅村様に招《よ》ばれて参りました」

「それはそれは遠いところ恐縮にございます。主から申し付かっております。番頭さん、茶室にお越し願えますか」

「連れがおりましてな」

「お侍さんと小僧さんは、こちらの控え部屋でお待ちくださいな」

女が玄関脇の小部屋を差した。

「小僧はこちらで待たせていただきましょうか。坂崎様は、今津屋と関わりの深いお人でしてな、お客様にも紹介しておるのですがね」

「番頭さん、お茶を一服差し上げようというだけの話、大小を携えた方は野暮というものですよ」

そう言われては、由蔵も一人で茶室に案内されるほかはない。

「坂崎様、御用は長くはかかりません」

という言葉にすべての思いを込めて、女に案内されて奥へ消えた。

磐音と宮松は、三畳間に座すと様子を窺《うかが》った。

先ほどまで話し声がしていた屋敷内は、森閑として物音一つしなかった。

小部屋には小さな行灯《あんどん》があるばかりで、蚊がぶんぶんと飛び回っていた。蚊遣《かや》りも焚かれていない。

「老分様は大丈夫でしょうか」

宮松がおでこに止まった蚊を叩き潰しながら、磐音に訊いた。

「まあ、待ってみようか」

磐音たちはなんの愛想もない小部屋で蚊に襲われながら、四半刻《しはんとき》（三十分）ほど待った。だが、いつまで待っても由蔵が戻ってくる様子はない。

半刻《はんとき》（一時間）が過ぎた。

「ちとおかしいな」

磐音は小部屋を出ると奥に向かって呼びかけた。

「これ、こちらの方」

幾度も呼びかけた末に、ようやく先ほどの女が姿を見せた。

「おやまあ、まだこちらにおられましたので」

女は驚いたふりをした。

「と申されると」

「今津屋さんの番頭さんなら、とっくにお帰りになりましたよ」

「われらはこちらで一歩も動かず待ち受けていたのじゃ。そのようなことがあろうはずはない」

「と申されても、番頭さんはお茶室でお薄《うす》をいただかれて、ご商売の用事を済まされて、裏口から出ていかれました」

「そんな馬鹿な話はないな。われら、供の者を残して帰られようか」

「そんなことを言われても困ります」

女は平然と言い放った。

「よかろう、それがしが奥を検《あらた》めさせていただく」

磐音が女を押し退《の》けて奥へ進もうとすると、黒い影が何人も行く手を塞いだ。

「い、いおよう様も言われておる。そなたの連れは裏口から戻ったのじゃ。そなたらは置いてけぼりを食ったようじゃな。今なら走れば間に合おう」

先頭の夏羽織が言い放った。用心棒の首領の一徳寺大願か。

「さようなればわれらも退散いたそう」

磐音はあっさりと後ろ下がりに引き下がり、小部屋の前まで戻ると、

「宮松、引き上げようか」

と、なにか言いかける宮松を制して玄関に下りた。

格子戸を開け、敷石を伝うと門の外に出た。

おようと呼ばれた女が磐音たちの様子を窺って外まで送りに来た。

「造作をかけたな」

「早く行かないと番頭さんに追いつけませんよ」

おようの言葉を背に聞いて、真っ暗な道を二、三丁ほど戻った。すると道端に地蔵堂が見えた。

「宮松、堂の中で一人待てるか」

「坂崎様、あそこに戻られるので」

「老分どのは間違いなく享楽庵に囚《とら》われておられる。どこぞに連れ出される前に助け出したい。そなたは、ここにて待て」

「老分さんは大丈夫ですよね」

「なんとしても助け出す」

「お願いします」

宮松の声に送られて、磐音は再び梅村後流の別邸享楽庵に引き返した。

道々、磐音は備前包平の目釘《めくぎ》を確かめた。

これで仕度は終わった。

茅葺の門前に戻った磐音はぐるりと享楽庵の周囲を巡った。

敷地はおよそ千五、六百坪か。母屋《おもや》の裏手に茶室、百姓家、納屋や蔵が点在していた。

裏口の板戸は半ば開いたままで、風にがたがた鳴っていた。

磐音は裏戸から敷地にはいり込み、まず先ほどまでいた母屋に戻った。

室内から酒でも飲んでいるような話し声が聞こえてきた。

磐音は竹の葉の擦れ合う音に紛れて、座敷に接近した。

葦戸《よしど》の向こうに茶人風の中年男とおよう、それに用心棒の浪人二人が酒を飲んでいるのが見えた。

一人は、磐音に帰るように命じた夏羽織だ。

茶人が梅村後流だろう。

「今津屋の番頭も用心棒を連れてきたところまではよいが、あれでは何の役にも立たぬな」

「いや、素直に引き上げたところが怪しいといえば、怪しい」

夏羽織の言葉に梅村後流が答えていた。

「後流どの、町方に訴えたところで、あやつらが動くのは明日のことだ。その頃には、今津屋の番頭はこの世から消えておるわ」

「借用書をおれの懐に残してな」

後流が笑った。

「あの浪人が戻ってくる心配はありませんよね」

おようがだれにともなく訊いて、夏羽織の一徳寺大願が、

「槙原、百姓家の連中に注意を怠るなと申しておけ」

と部下に命じた。

「一徳寺どの、早く始末したほうが手っ取り早いと思うがな」

「そうだな」

と一徳寺が応じ、後流を振り返った。

梅村後流が手を顔の前で払って、承知した。

「ならば、すぐにも始末します」

槙原と呼ばれた浪人が刀を手に廊下に出た。

母屋の裏口から槙原が庭に出たのを確かめ、磐音は動き出した。

風のざわめきが磐音の行動を助けた。

母屋から茶室まで敷石が敷かれ、庭も手入れされていた。だが、その周辺の敷地は未だ雑木林のままだ。

その間にうねうねと道が通っていた。

行く手に明かりが見えてきて、話し声も流れてきた。

磐音は槙原の背後に接近した。

槙原の足がふいに止まり、刀の柄に手をかけながら振り向いた。

そのときには、磐音は槙原の数間後ろに迫っていた。

「おまえは」

槙原が何か言いかけ、刀を抜き放とうとした。

素早い対応だった。

が、磐音の動きはさらに俊敏を極めていた。

長身の背を丸めて突進すると、刀を抜く槙原の懐に飛び込みざま、包平の鞘ごと抜いて、柄頭で相手の鳩尾《みぞおち》を鋭く突いた。

槙原がくたくたと倒れ込む。

磐音は槙原の刀の下げ緒で槙原の手足を縛った。懐にあった手拭いを口に突っ込み、藪の陰に転がした。

「これでよし」

磐音は呟くと百姓家に歩み寄った。

夏のことゆえ、戸が開け放たれて部屋の様子まで見えた。

蚊遣りの煙がもうもうと部屋に充満して、見通しが悪い。それでも、今津屋の老分番頭の由蔵が大黒柱に縛りつけられているのが確かめられた。

浪人とやくざ者が七、八人、所在なげに板の間にいた。

磐音は拳《こぶし》ほどの石を拾うと、茅葺屋根の裏の竹藪へと投げ上げた。

その石が見事に屋根を越えて竹藪に落ち、がさごそと音を立てた。

「おい、なんだ」

浪人の一人が仲間に言いかけると、

「念のためだ、調べてこい」

と命じた。

やくざ者たちが懐の匕首《あいくち》に手をかけながら、裏へと飛び出していった。

大黒柱の周りに人がいなくなった。残った浪人たちも裏庭を見通す部屋の向こうに集まっていた。

磐音は足音を忍ばせて、玄関から土間に入り込んだ。すると由蔵と目が合った。

磐音は手で静かにするよう命じると、包平を抜いた。一気に大黒柱の下まで飛び上がると大帽子《きっさき》を縄目に当てて切った。

その気配に浪人が振り向いた。

「なんだてめえは」

「用心棒は用心棒の仕事をせぬとな」

磐音の手にある包平二尺七寸を見た浪人が、

「今津屋の用心棒のご入来だ」

と仲間たちに沈んだ声音《こわね》で教えた。

「なんだと！」

一斉に仲間が磐音を見た。

「まずは番頭より先にこやつを叩っ斬るとするか」

と仲間に声をかけた。

裏庭に飛び出していたやくざ者たちも、すでに抜いていた匕首や長脇差を手に走り戻ってきた。

「どうだ、このままこの家《や》から消えぬか」

「しゃらくせえ！」

若いやくざが匕首を振りかざして突っ込んできた。

荒仕事に手馴《てな》れた者の動きで俊敏を極めていた。だが、すでに包平を抜いていた磐音に敵《かな》うはずもない。

今夜の磐音は最初から居眠り剣法を捨てていた。

花車師の一家を心中に追い込んだと知っていたからだ。

手元に引き寄せておいて、匕首を握った手首を地擦りから刎ね斬った。

「げえっ！」

やくざが斬り飛ばされた手首を抱えて板の間を転がり回った。

「おのれ！」

浪人の頭分が大刀を突きの構えにして、飛び込んできた。

磐音の包平が虚空で反転して、突きを払った。払った包平が胴斬りに変転した。

流れるような剣捌《さば》きで淀みがない。

深々と胴を抜かれた頭分が土間に転がり落ちた。

「次はだれか」

「おのれ！」

声がしたほうとは別の方角から殺気が押し寄せてきた。

板の間に、暗がりから鉄砲玉のように飛び込んできた影があった。

長脇差を右の脇腹にぴったりとつけた男が磐音に襲いかかってきた。

磐音は罵《のの》り声を上げた浪人に目を据えたまま、長脇差の男を手元に呼び込んだ。

包平はすでに正眼に変じていた。

脇腹から突き出される長脇差の切っ先は無視して、磐音は喉首を刎ねた。

ぱあっ！

と血飛沫が飛んだ。

その飛沫を避けるように、罵り声を上げた浪人に突進していた。

阿修羅のような磐音の攻撃に浪人は、上段に振りかぶっていた剣を慌てて振り下ろした。

その物打ちが剝《む》き出しの梁《はり》に食い込んだ。

磐音の包平が再び胴撃ちを見せて、攻撃者の胴を薙《な》いだ。

浪人は火が入っていない囲炉裏《いろり》に顔から突っ込み、転がった。

「次はだれか」

磐音の声に残った用心棒たちが立ち竦んだ。

一瞬のうちに四人が倒されていた。

「すぐにも南町奉行所の手入れが入る。縛につきたいものは残っておれ」

磐音の虚言に惑わされた用心棒たちは、慌ててその場から逃げ出した。手首を斬り落とされたやくざも必死で逃げる仲間に加わった。

ふいに百姓家に静寂が訪れた。

「老分どの、お怪我はございませんか」

「ないない。こやつらの一人や二人どうとでもなったが、坂崎様が助け出しに来てくれると思うて、じっとしておったのです」

「それは賢い選択にございました。こやつらは、血に餓《う》えた者どもです。なにをやらかすか、知れたものではありませんからね」

「はてさて、今津屋の由蔵を怒らせたらどうなるか、梅村後流に教えて進ぜましょうかな」

由蔵がきりきりと眉《まゆ》を上げた。

四

磐音は由蔵を伴い、享楽庵の百姓家から母屋に戻った。

裏口から入ると蚊遣りの匂《にお》いと酒の香りが漂ってきた。

「槙原、始末はつけたか」

一徳寺大願の声が訊いてきた。

由蔵がつかつかと廊下を進むと、

「梅村様、ようまあ、今津屋の老分由蔵を虚仮《こけ》にしてくれましたな」

と言いながら、座敷に顔を出した。

「あやつら、しくじりおったか」

大願が慌てたふうもなく言うと、手にしていた杯を膳に戻した。由蔵の後ろに従う磐音に視線をやりながら、かたわらに置いた朱塗《しゅぬ》りの大刀を悠然と引き付ける。少しも慌て騒ぐところがない。

磐音も由蔵を庇《かば》うように座敷に入った。

「こやつのことをちと甘くみたか」

と苦笑いした後流が左手を袖に入れた。

右手の杯をおようにに差し出し、おようが受け取った。

杯を膳に戻すと、およぅは何気ない素振《そぶ》りで二つ輪の髷《まげ》に手をやった。

磐音はその様子を見て、

「老分どの、廊下に下がってくだされ」

と言いながら、左手を脇差の鍔《つば》にかけた。

「梅村様、この世の中は、力ずくで押し渡れるものではありませんぞ。おまえさんは貧乏御家人の倅《せがれ》ゆえ、金に苦労をなされた。それで金こそ力の源と勘違いされたようじゃが、人にも金にも情けをかけねば、わが身を助けてはくれぬのじゃ。この理屈、おまえさんには理解がつくまいな」

「番頭、おれには能書きなんぞ通じねえよ」

そう叫んだ後流の左手が袖の中で動いた。

磐音が由蔵の肩を押した。

由蔵はよろよろと廊下によろけた。

磐音が包平の鞘の差裏《さしうら》から小柄《こづか》を抜いて捻り上げたのと、およぅの頭の手が簪《かんざし》を抜き取って手裏剣《しゆりけん》のように抛《なげう》ったのが同時だった。

小柄と先が尖った簪が空を裂いた。

だが、座している者と立って構えている者との差が飛び道具の勢いになって現れた。

磐音の小柄がおようの胸に突き立ち、飛び道具に仕立てられた簪を磐音は横っ飛びに避けた。

「あうっ！」

呻き声が洩れ、おようの体が後ろ向きに倒れ込んだ。

「おのれ！」

梅村後流は叫ぶと片膝を立てて、袖の中の手を閃《ひらめ》かせた。懐に呑んでいた短刀を抜き身にして、中腰で磐音に突っかけてきた。

御家人崩れの攻撃を引き寄せておいて、包平を抜き撃った。

迅速の剣が袈裟《けさ》に決まり、後流はおようのかたわらに崩れ落ちた。

磐音は、その間に十智流の達人、一徳寺大願が磐音から反対側の隣室に転がり込み、体勢を立て直したのを見た。

十智《じっち》流は尾張《おわり》藩士の松井市正宗卿《まついいちまさむねたか》が流祖の剣だ。

この松井、戦国の武将今川義元の臣松井五郎八《ごろはち》の末裔《まつえい》で、実戦剣法を基にいろいろな剣術の長所を取り入れ、工夫した。その後、江戸に出て、二天一流の古橋《ふるはし》惣《そう》右衛《え》門《もん》氏香の門下に入ってさらに修行を積み、正徳《しようとく》四年（一七一四）に十智の伝を得た剣術だ。

一徳寺大願がどれほどの剣者か、磐音には未だ見当がつかなかった。

隣室の暗がりで夏羽織を脱ぎ捨てた大願が剣を抜いた気配のあと、のっそりと磐音の視界に戻ってきた。

「ちと遊惰な暮らしに慣れて、油断をいたしたようだ」

大願は動揺から立ち直ると、素早く剣客の相貌《そうぼう》に戻っていた。先ほど、後流の用心棒として、だらしない姿を見せていたときから、態度は一変していた。

(これはなかなかの遣い手)

磐音は気を引き締めた。

「庭に出ようか」

大願はおようと後流が倒れ伏した光景にちらりと視線をやると、磐音に誘いをかけた。

「お望みとあれば」

磐音は由蔵を背後に回して、大願を先に庭に下ろそうとした。

大願は行灯の明かりを縁側まで運んできて、置いた。さらに裸足の足裏を地面にこすり付けて、すべりを防いだ。

磐音はゆっくりと庭石から降りた。

「そのほう、流儀はなにか」

「国許で神伝一刀流を学んだ後、神保小路の佐々木玲圓先生のもとで直心影流を修行いたした」

磐音の返事はあくまでゆったりとしていた。

「玲圓門下とは、なかなかの腕前とみた」

一徳寺大願の顔が引き締まった。朱塗りの剣を腰でひと捻りした後、抜いた。

その切っ先を下段に取り、刃を磐音に向けた。

それに対して、磐音は正眼に構えた。

縁側の明かりが二人の対決を照らし出した。

見物は息を呑む由蔵一人だ。

間合いは一間半。

大願のどっしりとした構えは小揺るぎもしない。

磐音も国許の神伝一刀流の師匠中戸信継が、

「居眠り剣法」

と称した待ちの構えを端然と続けた。

闇を支配する時間《とき》が重く、濃密に流れていく。

由蔵はいつの間にか、荒い息をついていた。

竹藪を吹き抜けてきた風が行灯の明かりを揺らした。

大願の下段の剣がゆっくりと移動を始めた。自分の足前に置かれていた刃が左へと流れていく。

淀みなく動く刃は磐音を誘っていた。

が、移動する剣に隙は見つけられなかった。

切っ先が横手から上空へ大きな円を描くように上がっていく。

磐音は切っ先の動きよりも大願の瞳孔《どうこう》を注視していた。

刃がほぼ水平に、大願の真横に寝かされた。さらに上空へと切っ先が上昇を続けた。

磐音は正眼の構えを保持していた。

切っ先が乾《いぬい》の方角に、斜めに差し上げられたとき、気配もなく大願は、突進してきた。

翳された剣が間合いの内に踏み込むと同時に、右手一本の片手斬りに変えられ、磐音の右肩を襲ってきた。

片手斬りの分、大願の剣の伸びは予測を超えて速かった。

磐音は、襲来する剣を不動の姿勢で弾いた。

大願はそのことを読んでいた。

磐音の左側をすり抜けながら、なんと左手で小刀を抜き放ち、磐音の腹部を掻き斬ろうとした。このことは大願が二刀流の二天一流を修行したことを示していた。

磐音は剣士の本能で視線の外から襲いくる脇差の攻撃を感じて、片手斬りを弾いた包平を下方に落としていた。

包平はかろうじて脇差の襲来を弾き得た。

磐音は通り過ぎる殺気に反転した。

そのとき、包平の大帽子《きつさき》は地に落ちていた。

大願の手には二剣があった。

その二つの剣を、鷹が両羽を広げたように横に突き出した。

「秘剣渦巻昇竜！」

一徳寺大願の口からその呟きが洩れた。

磐音は再び不動の姿勢に戻った。先ほどと違うことは正眼の剣が地に落ちていることだ。

大願の右手の大剣が再び右回りに円を描き始めた。緩やかに移動する切っ先は、対峙《たいじ》する者を眠りと幻影の世界に誘《いざな》うようだ。

真横から移動を始めた剣は地に落ちて、再び上昇し、頭上に上がって、元の位置へと一回転した。さらに切っ先は水面に小石を投げ込んだときのように波紋を描き続ける。だが、今度の輪は前の輪よりも小さな渦《うず》を描いていた。

大願の大剣の渦巻きがどう変化するか、磐音は推測がつかなかった。

はっきり言えることとは、左手に構えられた小刀が移動し続ける渦巻きの大刀を補完していることだ。大刀の動きに幻惑されて突っ込めば、小刀の餌食《えじき》になるだろう。

渦巻きの輪が小さくなるにつれ、切っ先の動きが早くなった。

磐音はふと切っ先の動きに惑わされている自分を感じた。

瞼《まぶた》が重く、垂れてくる。

(眠ってはならぬ、磐音)

磐音は自分を叱咤《しった》した。

大願の切っ先は渦巻きの中心に寄っていこうとしていた。渦が小さくなった分、大願の剣は突き出されるように磐音に向かって水平に伸びていた。

磐音の意識は、渦潮に巻き込まれる小舟のように今まさに姿を没しようとしていた。

由蔵は息を呑んで戦いを見つめつつも、磐音が陥った術中を本能で理解した。

(なんぞ助けることはないか)

縁側に立つ由蔵の目に行灯の明かりが目についた。

(暗闇なれば術は利くまい)

由蔵は必死の思いで行灯を蹴り飛ばした。

行灯は庭に転がり落ちて大きく燃え上がった。

その瞬間、術が破れ、大願の渦巻きが停止した。

磐音は正気に戻った。

渦巻きを描き終わろうとした大願の切っ先が予定を早めて、磐音の喉に伸びてきた。

それは渦の中から立ち昇る竜頭のように出現した。同時に左手の小剣が親竜に連れ添う小竜のように、阿吽の呼吸で磐音の右首を襲ってきた。
磐音は二つの剣の切っ先の動きを瞬時に判断すると、渦巻きの目の中に猛然と
わが身を飛び込ませていた。
その行動が大願の気合を殺《そ》ぎ、間合いを狂わせた。
大胆にも踏み込んだ磐音の地擦りの包平が、大願の見えぬ死角から下半身を斬
撃していた。
磐音の掌に存分な手応えが伝わってきた。
「な、なんと！」
一徳寺大願の体が硬直して、渦巻きが、二匹の昇竜が磐音の視界から消えた。
ぐらり
大願の五体が揺らぎ、ずるずると地面に転がり崩れていった。
その瞬間、燃え上がっていた行灯の明かりが燃えつきて、消えた。
闇の中から、磐音と由蔵の息が期せずして洩れ響いた。
台所に灯されていた常夜灯から行灯に火を移して、明かりが戻ってきた。
「なんとも冷や汗をかかされましたよ。まずはうちの借金分を取り戻さなくて

は」

　由蔵はさすがに長年両替商で鍛えられた商人《あきんど》、しっかりしていた。

　母屋のあちこちを探すと、後流とおようの寝間の隠し戸棚から銭箱を見つけ出し、元金五百両と利息の三十二両をきっちりと取り出した。銭箱は元に戻し、五百三十二両を用意していた金袋に仕舞い込むと、

「あとはお上が始末なさればよいことで」

　とようやく顔の緊張を解いた。

「宮松も待っておるで戻ろうか」

　磐音がそう言ったとき、享楽庵に新たな足音が響いた。

　磐音は再び緊張を呼び戻すと、包平の柄に手をかけた。

「老分さん！」

「坂崎様！」

　宮松の声が響いた。

「こっちだ」

　と叫ぶと座敷に御用提灯が飛び込んできた。

　磐音の見知った南町奉行所定廻り同心の木下一郎太《きのしたいちろうた》と佐吉《さきち》親分、それに手下《てか》た

ちだ。

今津屋では支配人と呼ばれる番頭の和七《わしち》の姿が混じり、

「ああっ、ご無事でよかった！」

と叫んでいた。

「何事です、この騒ぎは」

由蔵が余裕を見せて言った。

「あまりにもお帰りが遅いので、相手が相手だけに旦那様が心配なされて、南町奉行所の木下様にご相談なされたのです」

「それで木下様と佐吉親分がお出張りくださいましたか。ご苦労さまにございます」

由蔵が如才なく町方役人に頭を下げた。

「仙台坂の先の地蔵堂を通りかかると宮松が飛び出してきて、老分さんが捕まったというものだから、肝《きも》を冷やして飛び込んできた次第です」

「それは相すまぬことでしたな。木下様、たった今、ひと騒ぎ済んだところですよ」

と享楽庵を訪ねてからの出来事を若い同心に説明した。

「佐吉、後流はなにかと訴えの多い人物だ。生き残った仲間はいないか、探してみよ」

「へえっ！」

佐吉たちが享楽庵のあちこちに散って、調べ始めた。


由蔵と磐音たちは、明け方ようやく両国西広小路の今津屋に戻ってきた。

「おおっ、老分さんも坂崎様も無事でなによりでした」

一睡もせずに心配していた今津屋吉右衛門が由蔵らの顔を見て、ほっと安堵の言葉を洩らした。

「旦那様、なんとも心配をかけました」

由蔵が謝り、吉右衛門や奉公人たちに事情を説明した。

「えらい目に遭われましたな」

吉右衛門が労いの言葉をかけた。

その奉公人の中におこんも混じっていたが、

「老分さん、坂崎さん、宮松さん、お腹が空いたでしょう。まずは台所においでなさいな」

と誘ってくれた。

「おこんさん、朝餉を馳走になりたいところじゃが、宮戸川に参る刻限だ。またにしよう」

「えっ！　これから鰻割きの仕事に行くの」

「さよう。それがしの大事な生計《たつき》じゃからな」

そう断ったときには、今津屋を飛び出して、両国橋に向かって駆け出していた。


夕刻、湯から戻った磐音は、井戸端で米を研ごうとしていた。

青物の棒手振り、亀吉が、

「旦那、だれか飯を炊いてくれる女はいないのかい」

と汗まみれの体を洗いながら言った。亀吉は江戸の町に野菜を売り歩いて戻ったばかりだ。

「残念ながら、長屋暮らしの浪人者を面倒みようという酔狂な女性《にょしょう》はおらぬな」

「そうでもねえぜ」

亀吉が木戸口を目で示した。

今津屋のおこんが立っていた。

「少しは寝たの」

「宮戸川から戻って昼寝をしました」

「旦那様がお礼に、これを届けてくれって」

「わざわざおこんさんが橋を渡ってこられるまでもない。ついでの折りでよいものを」

そういう磐音におこんがずしりと重い包みを渡した。

「これは過分です」

即座に磐音が言った。包みの中はどうみても包金だ。

「二十五両ぽっち、今津屋にはなんでもないの。それに坂崎さんは命を張って老分さんを助け出し、貸し金に利息まで取り戻したのよ。取っておきなさい」

「よいかな」

「当然よ。南町の大頭与力様が言っていたわ。坂崎とおるとなんとなく金になるって」

「なにっ！　こたびも笹塚孫一様が出張られたか」

「だって木下様の上司は笹塚様ですもの、黄金色《こがね》の匂いを見落とすはずもないわ。享楽庵とかいう別邸を総調べして、かなりの金子を没収されたようよ。坂崎には礼を申してくれと老分さんに言付《ことづ》けていたもの」

「なんとのう、あのお方は、悪人の上前を撥《は》ねる一番のワルじゃな」

そう嘆いた磐音に、

「それと文」

と言っておこんは書状を手渡した。

差出人は豊後関前藩江戸屋敷の御直目付中居半蔵だ。

「お店から暇を貰ってきたの。どう、私に付き合って、何かおいしいものでも食べに行きましょうよ」

とおこんが誘った。

磐音は飯の仕度をするのが面倒になっていた。

「かまわぬが、この書状を読むあいだ待ってもらえませんか」

「なら、どてらの金兵衛さんの家で待っているわ」

と自分の父親をそう呼ぶと木戸口を出ていった。

「旦那、おこんちゃんはなかなかの女だが、尻に敷かれらあ。所帯を持つのはやめといたほうがいいね」

と亀吉が忠告してくれた。

磐音は黙って頷くと、釜と書状と包金を抱えて長屋に戻った。裏の障子戸を開き、かすかに残った夕暮れの光で中居半蔵の書状を読んだ。

〈取り急ぎ認め候。それがし、江戸参府のために上府中の実高様にご面会をと、急遽《きゆうきよ》江戸を離れる所存。もしそれがしの身に異変ありしとき、坂崎磐音自ら実高様に面会致し、関前藩のために宍戸派の専断横暴を訴えられんことを切望致し候〉

磐音は短い書状にこめられた中居半蔵の忠勤と覚悟を感じて、胸が熱くなった。

第三章　宵待北州吉原

一

その夜、激しい雨が江戸の町を襲った。それまでの暑さを吹き飛ばすような勢いで、大川の水位も急激に上がった。

磐音は金兵衛長屋の布団の中で、

(明日の朝はどうしたものか)

と傘がないことを考えていたが、幸いなことに明け方には豪雨もやんだ。そこで裾端折《すそばしょ》りにして、歯のちびた下駄を履いて宮戸川に鰻割きに行った。

この朝は、仲間の次平じいさんが体じゅうに痛みが走るとかで仕事を休んだ。

鉄五郎親方が、

「おれが手伝おう」

と言ってくれたが、

「松吉さんと二人でなんとかなりますよ」

と申し出を断り、何百匹もの鰻と格闘した。

そのせいで、朝餉を馳走になって宮戸川を出たのは、いつもの朝よりも半刻（一時間）ほど遅かった。

（さて湯屋に行くか）

磐音は近頃では宮戸川の帰りに朝湯に行くのが楽しみになっていた。

六間堀に出ると、鰻捕りの幸吉が同じ年頃の娘と四つくらいの男の子を連れて立っていた。

ふっくらした頰《ほ ほ》が愛らしく、しっかり者の顔をした娘だった。

男の子は涙の痕を頰に残し、瞼を腫《は》らしていた。今は泣き疲れて放心したような顔付きだ。

「浪人さん、おれの借りの始末をつけてくれたばかりのところでよ、ちょいと気が引けるが、相談があらあ」

幸吉が真剣な顔で言った。

「どこぞ静かなところを知らぬか」

磐音は体に染み付いた鰻の臭いを気にしながら言った。

幸吉と娘が小さな声で話し合い、

「泉養寺の境内ではどうだい。あそこなら静かだぜ」

幸吉は男の子の手を引いた娘を従えて、磐音と肩を並べて六間堀の東側へと入っていった。すると唐人飴《とうじんあめ》売りが強い陽射しにうんざりしながら、やってきた。

「飴をくれぬか」

磐音は一つ三文の飴玉を三つ買って、幸吉に与えた。

「気を遣わせちまってすまねえな」

幸吉はそう言うと後ろから歩いてくる二人に大粒の飴を渡し、自分も口に放り込んだ。

十二歳の幸吉は磐音が深川住まいを始めたときからの師匠だ。時折り仕事まで世話してくれる幸吉には頭が上がらない。

「幸吉どののことだ、なんでも命じてくれ」

「なら、頼まあ」

と言った幸吉は、後ろを振り向いて娘に頷いてみせた。

「おそめちゃんはな、おれの幼馴染みでよ、唐傘長屋の住人だ。手を引かれてる男の子はおそめちゃんのお父っつぁんの知り合いの子で、豆造《まめぞう》というんだ」

幸吉は豆造のことをよく知らないらしい。

「豆造のお父っつぁんの弓七《きゅうしち》さんは鍛冶《かじ》職人だが、三度の飯より博奕が好きでよ、身内を泣かしてきたと思いねえ。本所深川あたりにはよく転がってる話だ」

と言った幸吉に後ろから声が飛んだ。

「そんなに転がってる話では困るの」

「そう言うなって、おそめちゃん。これもよ、話のきっかけというもんだぜ」

そう幸吉が答えたとき、四人は寺の門前に来ていた。

石の柱には、神明社地別当泉養寺と刻まれてあった。

四人は山門を潜《くぐ》り、蟬時雨《せみしぐれ》が降り注ぐ本堂の階段に座った。さほど大きくはないが、古色蒼然とした佇《たたず》まいだ。それに辺りには人の気配もなく、話をするにはもってこいの場所だ。

磐音と幸吉が階段の上に座り、おそめと豆造がちょっと離れた下に並んで腰をかけた。飴を口に入れているのは、幸吉と豆造だけだ。

「二十日ほど前に豆造のおっ母さんが長屋から姿を消したんだ。いや、行った先は、分かってる」

「実家にでも戻られたか」

「吉原に身売りしたんだよ」

と幸吉は抑えた声ながら、吐き捨てた。

「弓七さんが作った借金は、五十両を超えていたそうだ。鋏を造る鍛冶職人がよ、一生かかっても返せねえ大金だ。なんとも馬鹿な野郎さ」

幸吉は言い放った。

「豆造のおっ母さんのおしずさんは、まだ年も十九と若い上にちょっとした美人だとよ。それに目をつけたのが、賭場の胴元らしいや。厳しい取立てに悩んだ末におしずさんは、吉原に身を沈めることにしたんだと」

「なんとのう」

「それに比べてよ、男はだらしねえや。弓七の野郎、仕事もしねえで、一日じゅうめそめそして飲み暮らしてるらしいぜ」

「幸吉さん、話を進めて」

「あいよ」

幸吉はおそめに催促されて、

「問題は豆造だ。まともに飯も食えねえってんで、長屋の人たちも面倒を見てきたが、どこもがじぶんちが生きるのに必死だ。ともかくよ、弓七さんがおそめちゃんのお父っつぁんの顔見知りということもあって、唐傘長屋に引き取られたんだ。ところがよ、夜中になると、めそめそ泣きやがるんだ。二軒隣のおれんちにも聞こえてくるんだぜ」

「そんなこと言わないの、幸吉さん」

「おそめちゃん、おめえたちはよく眠れるな」

「寝てなんかいないわよ。でも仕方ないでしょ」

「幸吉どの、身請けの金をと言われてもちと困る」

磐音が先回りして言うと、

「呆れたぜ。どこのどいつが貧乏浪人に五十両、六十両もの金を貸せって申し込むもんか。そんな馬鹿がいたらお目にかかりてえや」

「それもそうだな」

「話の腰を折らないでくれよ」

「ならば、それがしに相談とはなんだな」

「吉原に行っておしずおばさんに会ってほしいんです」

おそめが階段下から顔を振り向かせて言った。

「吉原じゃと！」

「なんでえ。そんなでけえ声を出すなよ。いくら浪人でもよ、一度くらいは大門を潜ったことがあるんだろ」

幸吉も口を揃えた。

「待ってくれ。吉原に行ってそれがしに何の話をしろというのだ」

「そこだ。おそめちゃん、話してくんな」

幸吉はおそめに話を振った。

「弓七おじさんをようやくつかまえて、豆坊が泣きやむ方法はないかと訊いたんです。そしたら、おしずおばさんの匂いがついた着物かなんかを持たせれば、眠るはずだって言うんです。長屋にはもうおばさんの匂いがついたものなんてなにもありません」

「弓七が古着屋に叩き売ったのさ」

「話は分かった。だがな、それができるとしたら、亭主の弓七どのだけだぞ」

「ちぇっ。その亭主が当てにならねえから、こうして頼んでるんじゃねえか」

今朝の幸吉はいらいらしていた。

「幸吉さん、お願いしているのにそんな口の利き方はないわよ」

おそめからも注意をされた。

「すまねえ、浪人さん。だけどよ、これぱっかりは子供のおれたちじゃあ、なんともできねえんだ」

磐音はしばらく思案した後、

「それがしがまず弓七どのに会ってみよう。その上で弓七どのがおしずどのに会ってくれというのなら、吉原に参ろう。それでどうだ」

と提案した。

幸吉とおそめが顔を見合わせ、頷き合った。

「今晩にもと思ったがそうはいかねえか」

幸吉が納得するように言い、おそめがぺこりと頭を下げた。

「ところで弓七どのの長屋はどこかな」

「深川元町の裏長屋、藤兵衛《とうべえ》さんの家作です。でも、長屋を訪ねてもいないと思います。一番いいのは、夕方、仙台堀の煮売り酒屋の赤木屋を訪ねることです」

「そこへ毎晩行っててよ、職人仲間に酒をたかってるんだと。豆造のお父っつぁんはよ」

幸吉が欠伸《あくび》しながら言い放った。

豆造の夜泣きでだいぶ眠っていないらしい。

「幸吉どの、それがしを赤木屋に案内《あない》してくれぬか」

「夕刻、長屋に迎えに行くぜ」

と幸吉が請け合い、

「なっ、おそめちゃん。この浪人さんはおれの言うことならなんでも聞いてくれるだろう」

とおそめに胸を張った。

「幸吉さん、お侍さんに失礼よ。金貸しの権造親分がおみつちゃんを連れていこうとしたときだって、助けてくれたわ。お侍さんは、だれにも親切なのよ」

「あのときだって、おれが頼んだから動いてくれたんだぜ。なあ、浪人さんよ」

「おそめちゃん、幸吉どのはそれがしの師匠のようなものでな、頭が上がらぬのだ。そなたに幸吉どのが頭が上がらぬようにな」

「まあっ！　あたし、そんなに怖くありませんっ」

おそめがふっくらした頬をふくらませた。

磐音は階段から立ち上がりながら、

「とにかく夕暮れに会おう」

と幸吉に言い残すと、泉養寺を出た。

磐音が六間湯で長湯して長屋に戻ると、水飴売りの女房のおたねが、

「浪人さん、お客さんが長いこと待ってるよ」

と井戸端から怒鳴って教えてくれた。

「うちに、客がな」

思い当たるとしたら、今津屋か、関前藩の人間だ。そんなことを考えていると、磐音の長屋の戸口から早足の仁助が顔を覗かせた。

「おおっ、そなたか。待たせたようだな」

仁助がぺこりと頭を下げて、

「昨日、お殿様の参府行列が無事に江戸藩邸に到着してございます」

と言った。

「おおっ、ご到着になったか。それはなにより」

「つきましては、目付頭の東源之丞《ひがしげんのじょう》様が坂崎様にお目にかかりたいと待っておられます」

「急ぎのようだな」

「はい。できることなら、この足で」

手にぶら下げていた手拭いを長屋に放り込むと、

「案内してくれ」

と言った。

仁助は頷くと、溝板《どぶいた》を踏んで木戸口を潜った。

金兵衛が糸瓜棚のかたわらに立っていた。

今日はどてらを着ていないところを見ると、風邪もよくなったのか。

「本日も暑うござるな」

「昨夜の大雨が嘘《うそ》のようだねえ」

金兵衛に見送られて大川に向かった。

仁助は異名の早足で新大橋を渡ると、大川の右岸に沿って上流へと案内していった。今日の流れは昨夜の豪雨を湛《たた》えて滔々《とうとう》と流れていた。

「もうすぐでございます」

そう言った仁助の視線が薬研堀《やげんぼり》を見ていた。

薬研堀は元々、幕府の御米蔵に出入りする船のために掘られた入り堀だ。

二年前の明和八年（一七七一）に堀の大半は埋め立てられたが、河口部分だけが残って、そこに難波橋が架かっていた。

地の利のよい薬研堀界隈は医師が多く住んでいた。また近くには白酒を商う大黒屋、恵美須屋の二軒があって、売り上げを競っていた。

薬研堀不動のかたわらに小粋な料理茶屋が何軒か、看板をあげていた。

早足の仁助が連れていったのは、そのうちの一軒、涼風《すずかぜ》だ。

「こちらでお待ちにございます」

仁助は店先で女将《おかみ》に磐音を託すと、自分は供部屋に下がった。

磐音が案内されたのは、二階の堀が見渡せる座敷だ。そこに豊後関前藩の目付頭、東源之丞が待っていた。

東は国許の神伝一刀流中戸道場の先輩弟子にあたり、昨夏、小林琴平と磐音の斬り合いにも立ち会った男だ。

「坂崎、元気そうじゃな」

源之丞の顔は陽に焼けていた。

「参府で江戸入りなされましたか」

磐音は訊いた。

「殿の供で江戸に上がって参った。江戸は十年ぶりかな」

そう言った源之丞は、ぽんぽんと階下に向かって手を叩いた。

「そなたが関前を去って以来、気が抜けたようになってな、磐音はどうしておるかと中戸先生と言い暮らしてきた」

まだ色香を漂わせた女将が自ら膳を二つ運んできた。が、そう言いつけられているのか、黙って下がった。

「まあ、一献いこうか」

源之丞は磐音に杯を持たせて酒を注いだ。

磐音が先輩の杯を満たした。

「壮健でなによりであった」

「東様にも」

磐音は当たり障りなく言葉を返した。

二人は互いの顔を見ながら、酒を飲んだ。

「そなたが用心いたすのは分かる。わしにそなたのことを教えてくれたのは、中居半蔵どのだ」

「お会いになったのですか」

「程ヶ谷（保土ヶ谷）宿で会うた」

「中居様は江戸に戻られましたか」

まず気にかかることであった。

「中居様は国許に発たれた」

「国表に、ですか」

「そなた宛ての文を何通か託されて参った、後で渡す」

と東源之丞は言った。

何通とは、だれからのものか。

「国表の出来事、そなたの父上正睦様が蟄居閉門されたという異変も中居様から知らされた」

源之丞は苦虫を噛み潰したような顔をした。

「いくらかつて藩を立て直した人物とは申せ、このところの宍戸文六様の所業、目に余る。まして、殿が参府に立たれた隙を狙《ねら》って事に及ぶなど、言語道断じゃ」

源之丞の額に青筋が立った。

「真実、そう思われますか」

源之丞は磐音の顔を寂しげに見返した。

「東様、御番ノ辻の一件以来、私は人を信じられなくなっております。東様は、宍戸派でないとどうして言い切れますか」

「そなたの気持ちも分からぬではない。河出舞どのの不義の噂話に始まり、そなたら、三人の斬り合いでの決着が、ひょっとしたら国家老どのの策略ではないかとわしが感じ始めたのは、そなたが暇状《いとまじょう》を藩に提出して、関前城下を抜け出たあとのことだ。守旧派の連中が大手を振って歩き出した。藩の財政を改善されようとするそなたの父上らは、藩政から遠ざけられていった……」

源之丞は汗が噴き出した顔をつるりと手で拭った。

「わしは宍戸文六どのの腰巾着《こしぎんちゃく》、御勤方の鈴木《すずき》丸三郎《まるさぶろう》を役所に呼んで脅しつけたのじゃ。いやなに、鈴木丸が御用の金をくすねている証を摑んでいてな、いつか時が来たれば使おうと思っていたのよ。鈴木丸もなかなか白状しなかったが、公金横領の罪で裁きの場に出すぞと脅しつけたら、知っておることを話し出した。それによれば、舞どのの噂に始まる騒ぎはすべて、そなたら、藩財政を改革しようとする若手を潰すために仕組まれた企てということが分かってきた。だがな、そなたも知ってのとおり、長年、藩政を好き勝手にしてきた宍戸派は、どこにでも目を光らせておる。鈴木丸三郎も、おれが釈放したその夜に殺されよったわ」

「なんということを」

「坂崎、豊後関前に巣食う虫は、簡単なことでは退治できぬ。わしが殿に直訴《じきそ》して参府の行列に加えてもろうたは、江戸の同志と話し合う必要があると思うたからじゃ。そのような気持ちを抱いて江戸に入ろうとした程ヶ谷宿に、中居半蔵様が見えられた。むろんお忍びでな……」

源之丞はそう言うと、小さく息をついた。

「そなた宛の書状を渡そう。それを読んでもらうのが、先決じゃ」

源之丞は部屋の片隅に置いてあった油紙の包みを持ってくると、

「不運な目に遭われる前のそなたの父上の文も入っておる」

と包みごと渡した。

二

油紙から三通の書状が出てきた。

一通目は父正睦からの文、二通目は中居半蔵からのもの、残りは差出人の名がなかった。

磐音はまず父の書状から封を開いた。

〈磐音殿、そなたにこの書状届くや否《いな》や存ぜねど、東源之丞殿の勧めで一縷《いちる》の望みを託し一筆参らせ候。そなたが関前を出奔《しゅっぽん》して以来、父の気力も失せ候。そなたらが大志を胸に城下に帰着致せし事、昨日の事のように記憶致しおり候。近頃、そなたらが帰国致せし事そのものが夢であったと考える事頻《しき》り。さて愚痴《ぐち》はこの辺にて噤《つぐ》み候。そなたらの帰国の翌日に起こった一件、なんたる不幸か。諦め切れぬ思いを抱いて無為の時を過ごし候ども、近頃の城中の出来事を鑑《かんが》みるに、磐音らは作為的に戦わせられ、破滅の道を辿らされたのではという推測頻り。磐音、そなたが出奔する前にその事に思い至らざりし事、後悔致しおり候。

磐音、父の申すこと、心して耳を傾けるよう願い候。豊後関前藩には、これまで長年にわたる政《まつりごと》のやり方を強行なさろうとする国家老宍戸文六様一派と、それでは関前藩が苦境に陥《おちい》る、改革をせねばと考える有志の二派がおる事、説明の要もなきに候。父もそなたらも一派に偏せずとも、このままでは立ちゆかぬと考えしものに候。このことを文六様はどう考えなされたか。江戸にて新しき経済思想を勉学、藩のために役立てようと勇躍帰国致せしそなたらを、策を以《もっ》て破滅に追い込まれしか。父はこの想念がとりついて以来、幾度も繰り返し考え候。父は結論を見出しえず。ただ、父の周辺に起こりし事の数々を日誌に記して保管致しおり候。もし父の身に異変あるとき、磐音、そなたは国許に帰り、父の日誌を回収の上、藩正常に役立てて頂きたく認め候。なお、そなたの身分につき、宍戸様は、藩に無断で出奔致し候故、生来罪科を問うべきところなれど、上意討ちの功績あり、罪を減じて放免の処置と申され候。つまりは坂崎磐音、豊後関前藩の家臣にあらずということなり。

磐音、心して聞かれよ。過日、藩主実高様と二人だけになりし折り、実高様はかく申されたり。余は磐音の暇乞いを認めた事、一度もあらず。先頃同様、江戸に留学の身と考えておるとの有難き仰せに父は涙が止まらず、主君の前で恥ずかしき失態を呈し候。ともあれ、実高様がかく考えられる上は、そなたは未だ福坂実高様の臣、そのことを失念致す事なかれ。この事父の忠言に候。噂によれば、そなた、江戸にて長屋暮らしをしておる由。どのような暮らしを致すとも、福坂実高様の家臣である一事、豊後関前藩の恩顧を受けてきた坂崎家の末裔である事、決して忘るるなかれ。また、もし父の推測が正しければ、そなたに託された使命は朋輩《ほうばい》河出慎之輔の、小林琴平の、舞どのの無念を晴らす事、明白也。坂崎家滅亡に代えてもこの望み果たされん事を願いおり候。最後になりしが、奈緒どのの

一途忘るるべからず。蛇足ながら付け加え候〉

磐音は瞼が潤《うる》むことを禁じ得なかった。が、気を取り直して、今度は差出人の

ない文の封を開いた。

それは幼き頃から承知した、奈緒の水茎《みずぐき》の跡であった。

〈磐音様、取り急ぎ一筆参らせます。

一年前の夏の出来事は夢幻《ゆめまぼろし》ではなかったのでしょうか。

奈緒には理解がつきませぬ。

私にはっきりと言えることは、

姉の舞には不義の事実などかけらもなかった事

ゆえに義兄慎之輔様は姉を手打ちにする理由はなかった事

また兄琴平が慎之輔様を成敗なさるいわれもなかった事

そして最後に、磐音様が上意討ちの命を受ける理由もなかった事

にございます。

どこでどう歯車が狂ったのか、近頃、城下で噂される国家老様の陰謀という考えで納得するには、あまりにも大きな犠牲でございました。さらに小林、河出の両家が廃絶の憂き目に遭うなど、これを悪夢と言わずして何を言うのでしょうか。

磐音様、奈緒には理解が至りませぬ。

なにがどうなれば、このような悲惨な結果になるのでしょうか。

愚痴ばかり申しました。

奈緒の一家は城下外れの岩城村の庄屋陣左衛門様の家作をお借りして過ごしております。

磐音様、奈緒はどんな境遇にあろうとも幼きときからの気持ちに変わりはございません。

磐音様は兄を上意討ちしたことに責めを感じ、関前城下をお出になられたのでございましょう。

奈緒は、怨《うら》みます。

磐音様の苦しみを私もともに分かち合いたかった。それはできぬ相談なのでございましょうか。

奈緒は磐音様の妻にございます。そう信じることで生きる勇気が湧いて参ります。

江戸がどのようなところか存じませぬ。

ご壮健にお過ごしなされることを奈緒はどんなときにもお祈りしております。

この文、突然、目付頭の東源之丞様がわが家においでになり、江戸でもしかして磐音様に会うやもしれぬ、その折りには必ず渡すと申され、神仏に願をかけつつ認めました。

磐音様、江戸土産《みやげ》の伽羅《きやら》の匂い袋、伊代《いよ》様よりいただきました。肌身離さずに持っております。このお礼もまだでございましたね。

夢なら覚めよ、と朝起きるたびに願いながら、匂い袋に勇気づけられながら、生きております。

磐音様も、お健やかにお過ごしください。奈緒〉

磐音は瞼が熱くなるのを抑えつつ、奈緒からの文をゆっくりと巻き戻した。

東源之丞は磐音の心底を見ぬように独りで杯を舐《な》めていた。

磐音は最後の書状、中居半蔵のものに手をつけた。

〈坂崎磐音殿、東海道程ヶ谷宿の旅籠にて急ぎ認め候。

それがし、目付頭東源之丞どのの手引きにて、短い間ながら実高様に面会致し候。早足の仁助によってもたらされた国許の近況、さらには宍戸派の専断横暴など掻い摘《つ》まんで申し上げたところ、殿は驚愕なされて、特に不正の借入金一万六千五百両の一件ならびに中老坂崎正睦様の蟄居閉門の事実に大いに驚かれ候。半蔵、真実なれば豊後関前藩の一大事、なれど余は参勤出府の道中、なにもできぬ、と嘆息なされたり。お労《いたわ》しい限りにござ候。

さて、実高様との話し合いにて、それがしが急遽国表に立ち戻ることを命じられ候。

その任とは、国許を専断される国家老宍戸文六様の不正の確たる証を早急に集めよとの仰せに候。殿はまた江戸にて坂崎磐音が藩のために働いている事実に大いに驚かれ、なんとも嬉しき知らせかなと大層喜ばれし段、そなたに伝え参らせ候。

さて、坂崎殿、そなたの父の蟄居閉門の一件、昨夏の騒動に鑑みて、そなたも急遽関前に密行せよとの殿の指示、急ぎそれがしを追って西下されんことを命じ候。なお細かきことは東源之丞殿の指示を仰がれんことを付記致し候。中居半蔵〉

磐音は顔を上げた。

「相分かりましてございます」

「ご分家の志山様が倒れられたのが、なんとも痛い」

東は分家の当主の病気を嘆くと、

「国許に行ってくれるか」

と磐音の顔を正視した。

「畏まりました。ただ、一両日の猶予をいただけませぬか。それがし、江戸にて生計《たつき》を立てておるに際し、多くの方々の助けを得ております。そちらを疎《おろそ》かにして参るわけにはいきません」

「そなた、鰻割きを手間仕事にしているそうな」

「はい、朝の間だけ一刻半（三時間）ほどの仕事で、朝餉付き百文にございます」

「なんと、六百三十石の嫡男《ちゃくなん》が一日百文の暮らしか」

「東様、いくらなんでも百文では江戸では暮らせませぬ。その他、いろいろと手を染めてございますれば、その方々にお断りせねばなりませぬ」

「相分かった。こちらもそなたが関前へ下向する前にやってもらわねばならぬこともあるでな」

「なんでございますか」

「はっきりした折りに申すわ。今日はそなたとゆっくり酒を飲もうと考えてきた」

「東様、酒より飯をいただけますか。急ぎ仕事がございますので、酒を飲むわけには参らぬのです」

　磐音は幸吉とおそめの頼みを頭に思い浮かべていた。

「なんだ、無粋な奴じゃな」

　酒好きの源之丞はそう言うと階下に向かって、

「熱燗《あつかん》と飯をひとつくれ」

　と怒鳴った。

「東様、十年ぶりの江戸にしては小粋なところをご存じですね」

　磐音が座敷を見回すと、

「坂崎、若き折りには一つ二つ、隠れ家は作っておくものじゃ。この家は、先代の女将からの馴染みの茶屋でな、国許に戻っても季節の挨拶を交わしていたのだ」

　と説明してくれた。

　そこへ先ほどの女将が注文の品を持ってきてくれた。

「女将、この者は仔細《しさい》あって藩を離れているが、ゆくゆくは中老職を継ぎ、藩の中心になるべき男だ。よしなにな」

「はい、承知しましたと申したいところですが、東様、私、この方を存じております」

と女将が思いがけないことを言い出した。

「なんじゃ、鰻割きなどで苦労しておるというから、気の毒に思うていたら、茶屋の女将と知り合いか」

「ちょっと待ってくだされ。それがし、一向に記憶にござらぬが……」

女将が笑った。

「いえ、私に関わりがあるのではございませんよ。今津屋様のおこんさんとご一緒に歩かれているのを朝市でお見かけしたのでございますよ。あのとき、讃岐屋のご隠居に浪人者たちが言いがかりをつけているのを、この方が見事な腕前で退散させておしまいになりました」

「坂崎は国許では居眠り磐音と言われておるが、なかなか隅におけんではないか」

磐音は二人に喋《しゃべ》らせておいて、飯に取りかかった。

「なにしろ、この方の後ろ盾《だて》は天下の両替商の今津屋様でございますから、羨《うらや》ましい限りにございますよ」

「聞けば聞くほど、腹が立ってきたわ。国許のわれらに心労をかけておいて、江戸で分限者《ぶげんしゃ》と付き合うておるのか」

「東様、女将の冗談を真にうけられて。それがし、今津屋様の用心棒を時折り頼まれるだけでございますよ」

磐音は飯を早々に終えると立ち上がった。

「なんぞ連絡があれば、仁助を使いに出す」

畏まった磐音は、女将に送られて薬研堀を出た。

磐音が向かった先は今津屋だ。

薬研堀の埋立地につながる町が米沢町、柳橋だ。

今津屋とは一足の距離である。

「おや、坂崎様、過日は命を助けられ、まだちゃんとお礼も言っておりませんでしたな」

老分の由蔵が目ざとく磐音の姿に目を留めて言った。

「いや、こちらこそ過分な金子を頂戴して恐縮にございます。本日はその礼と報告がございまして、罷《まか》りこしました」

磐音は帳場格子の中に座り込んだ。するとおこんが磐音の声を聞きつけて、茶を運んできた。

「お腹は空いてないの」

「そういつもいつも空いているわけではありませんよ。今しがた、薬研堀の茶屋で昼餉を食して参りました」

「まあ、ちょっとお金ができたと思ったら、茶屋でお昼を食べたの」

おこんが睨んだ。

「違いますよ、それがしの財布には一膳飯屋で食べるほどのお金しか入っていません。殿様が参勤で江戸に出てこられて、供で上府された昔の上役に呼び出されたのです。涼風の女将はそれがしがこちらに出入りしていることを承知していました」

磐音が事情を話した。

「国許にお帰りになるので」

「帰参するの」

由蔵とおこんが口々に言った。

「父上が国家老に蟄居を命じられたため、国表に帰るだけの話、長いことではありませんよ」

「いや、女の勘だと、坂崎さんは豊後関前藩六万石に戻ることになるわ」

とおこんが宣告した。

「となれば、折角よきお方とお知り合いになれたものを残念ですな」

と由蔵までが言い出した。

「二人してそのようにそれがしを簡単に宮仕えに戻さんでください。金兵衛長屋の暢気な暮らしがなかなか気に入っているのですからね」

「そうだ、長屋は引き上げるの」

「深川に戻ってきますから、そのままにしておきますよ」

と答えた磐音は、

「老分どの、品川さんと竹村さんのことをよろしくお願いします」

と二人の友の仕事を心配した。

すると、承知しましたと請け合った由蔵に、

「ともかくな、江戸を出られるときは知らせてくださいな」

と念を押されて、冷えた茶を飲んで今津屋に暇乞いをした。

　鰻捕りの幸吉が金兵衛長屋に顔を出したとき、磐音はすでに外出の仕度をして、亀吉らが縁台将棋を指すのを見ていた。

「待たせたかい」

「いや、ちょうどよい刻限です」

「二人の話を聞いていると、どっちが大人だか分からないぜ」

と取った駒を手の中でかちゃかちゃ鳴らしながら、水飴売りの五作が言った。

「幸吉どのはそれがしのお師匠だからな、仕方ござらぬ」

二人は六間堀町を出ると、仙台堀に向かった。東西に抜ける小名木川を渡れば、次が仙台堀だ。万年橋から霊雲院の前を抜けて、仙台堀に出た。すると赤木屋の赤い破れ提灯が水面に映っていた。

「いるかな、弓七さんは」

「いるさ、行くところがないんだからな。それより酔っ払ってなきゃあいいが」

幸吉はそのことを心配した。

酒が安くて肴《さかな》もいろいろと揃えた赤木屋は、職人や棒手振り、馬方から船頭、浪人、中間《ちゅうげん》まで、雑多な男たちですでに満席だった。

深川育ちの幸吉は、

「父っつぁん、鋏鍛冶の弓七さんは来てないかい」

と禿《は》げ頭に手拭いをねじり鉢巻にした親父の潮次《ちょうじ》に声をかけた。

「迎えに来てくれたんなら、ありがてえがな」

「いや、このお侍が話があるんだと」

「話をするんなら、あと四半刻（三十分）以内だな。毎晩、たかり酒にへべれけになってやがるんだ」

磐音は、一朱を潮次の手に渡し、

「酒を持ってきてくれぬか」

と命じた。

「あいよ」

潮次は、店の隅でだれぞかもは来ないかと、入口に目を光らせている弓七を指した。

二人は弓七の隣に座った。

どんよりした鋏鍛冶の目が幸吉に言った。

「鰻捕りがなんか用事か」

「いいのかい、豆坊を他人様に預けっぱなしにしてよ」

「余計なお節介をするねえ」

「なに言ってやんでえ。うちの長屋に預けられて、毎晩夜泣きを聞かされてよ、長屋じゅうがまともに寝てないいんだぜ。それでもいらぬお節介とぬかすのか、弓七さん」

幸吉に言い負かされて、弓七はしゅんとなった。

生来、気が弱い男なのだろう。細い顎に無精髭が伸びて、女房にいなくなられた悲哀が全身に滲み出ていた。自分の博奕が招いた悲劇とはいえ、磐音は弓七の様子に身につまされる思いがした。

「弓七さんよ、今晩はこちらのお侍の奢《おご》りだ。あんまり飲み過ぎるんじゃねえぜ」

親父が徳利と茶碗を二つ置いた。

弓七は早速徳利と茶碗を摑むと、とくとくと注いだ。そして一息に飲んで、
ふうう
と息をついた。

磐音が弓七の茶碗を取り上げた。

「なにするんでえ」

「それがしの話を聞く間だけだ」

「なら話しやがれ」

「聞くところによると、豆造の夜泣きは、そなたの女房の匂いが染み付いた衣類なんぞ持たせるとやむそうではないか」

「それがどうした」

「ここにおる幸吉どのやおそめちゃんに頼まれて、それがしが吉原に行くことになった」

「女郎になった女房を買いに行く野郎が、いちいち亭主に断ることもあるめえ。勝手に行きやがれ！」

「誤解をいたすな。それがし、そなたの女房を買いに行くわけではない。豆造のために衣類を貰いに行くだけだ」

「いらぬお節介だぜ」

弓七は磐音の手から茶碗を奪い取ると酒を注ぎ、がぶ飲みした。

「浪人さん、こいつに何を言っても無駄だぜ」

幸吉はそう言い放ったが、磐音は、

「おしずどのに伝えることはないか」

と弓七に訊いた。

弓七は徳利にかけた手を止めると、実に暗い絶望の眼差《まなざ》しを見せた。

「自分のほうから吉原に身を置いた女なんぞに伝えることなんざ、あるけえ」

幸吉が小さな声で、馬鹿野郎と呟いた。

「弓七どの、おしずどのの見世はどこだ」

「角町の新亀楽……」

と弓七は即座に答えた。

磐音が立ち上がると、幸吉も従った。

三

「みせすががきの風かほる　すだれかかげてほととぎす　鳴くや皐月《さつき》のあやめぐさ……」

夏の宵の吉原に見世清掻《みせすががき》の三味線の音が響き、客たちの遊び心を掻き立てた。

見世清掻とは、遊女が張り見世で爪弾《つまび》く三味の歌と音色だ。

磐音は吉原の大通り、仲之町を左手に曲がった。

新亀楽は角町の奥にある半籬《はんまがき》、中どころの妓楼《ぎろう》だった。

張り見世には四人の遊女がいて、格子戸から呼びかけてきた。

「お侍さん、上がってくんなまし」

疲れきった女の声だった。

「お目当てがあんなさるか」

遣《や》り手《て》が磐音の前に立った。

「ここではなんと呼ばれているか知らぬが、吉原の外ではおしずと呼ばれていた女に会いたい」

「おしずさんだね」

遣り手は磐音の風体をじろじろと眺めた。

磐音も、吉原では野暮と薄汚いのは嫌われることくらい、死んだ琴平に時折り付き合わされていたから、承知していた。

その夕暮れ、古着ながら白紬《しろつむぎ》と夏袴を身に着け、髪も撫で付けてきた。それが長身の磐音によく似合っていた。

「おしずさんの里名は静川だよ」

「では、静川さんに会いたい」

「揚げ代は、二分二朱、それになにやかにやで一両はかかるよ」

磐音は頷いた。吉原に行ってくれと幸吉に頼まれたときから覚悟していた出費だ。

「刀は預からせてもらいますよ」

遣り手が磐音から大小を受け取ると、玄関から二階の座敷に案内した。

通りとは反対側の暗い座敷だった。それでも二間続きで半間ほど開けられた隣部屋に夜具が敷かれてあるのが、艶《なま》めかしく見えた。

「お客さん、酒を持ってくるかい」

「できれば、静川さんに会いたいのじゃがな」

「吉原では、待つのも楽しみの一つですよ」

「ならば、酒を貰おうか。肴はいらぬ」

(野暮天の勤番侍め)

という顔をした遣り手が、

「畏まりました」

と馬鹿丁寧に返事をし、

「静川さんは売れっ子でねえ、今もお客が二人ほどかち合っているんですよ。ちょっと待ってくださいな」

と言い置いて、姿を消した。

磐音の頼んだ酒が運ばれてきたのは四半刻もあとのこと、さらに半刻、一刻(二時間)と待たされた。

することもない。

磐音はちびちびと酒を舐めながら、ただ待った。

五つ半（午後九時）頃になって、ようやく廊下から足音が近づいてきた。

「お客さん、待たせたわね」

障子をわずかに開けた女が磐音の顔を見ると、そう言った。だが、座敷に入ってくる気配はない。

豆造の母親は、吉原の半籬の妓楼ながら、板頭《いたがしら》をいきなり張るだけに、顔に憂いを漂わせた美形だった。体つきも四歳の子があるとは思えないほどにしなやかで、立ち姿に独特の風情があった。それらが遊客の琴線に触れて売れっ子になったのだろう。

女の全身には、男たちの歓心を集める自信が満ち溢れていた。それが静川を、おしずを輝かせていた。

「お侍さんは今晩が初めてね。もう少し待ってくれない」

そう言った静川は、廊下に消えようとした。他の客のところに顔を出すのだろう。

「待ってくれ、おしずさん」

女が立ち止まり、今一度磐音の顔を確かめるように見た。

「知り合いじゃないわね」

女の顔に怯えのような翳《かげ》が走った。

「それがし、深川から参った。豆造のことで、おそめちゃんと幸吉どのに頼みごとをされた者だ」

おしずの顔に戸惑いが浮かび、その迷いを振り切るように座敷に入ってきた。

「おそめちゃんから頼まれたの。豆造はおそめちゃんの長屋にいるの」

磐音が頷いた。

すると、おしずがぺたりと畳に尻を落とした。

遊女の顔がおしずに戻った。

「お侍さん、おそめちゃんの頼みごとって、なんですね」

磐音は事情を告げた。

肩を落としたおしずはしばらく黙りこくっていた。

両眼が潤み、涙が浮かび上がってきた。

「弓七の馬鹿は、わが子一人も育てられないの……」

その声音は静かな怒りを含んでいた。

「おしずさん、ご亭主にも先ほど会った。弓七さんは、そなたがいなくなった痛手からまだ立ち直っておらんのだ」

「だからといって、豆造を他人に預けて酔いつぶれている理由にはならないわ。なんて情けない」

磐音も返す言葉がない。

重い沈黙の後、

「分かった」

とおしずが言った。

「お侍さんは、豆造のために着物を貰いに来てくれたのね」

「そういうことだ」

「お侍さんも吉原の仕来《しきた》りをまんざら知らないじゃないでしょう。遊んでいって。帰るときに、約束のものを渡すから」

磐音はおしずの顔を見た。

その顔はすでに女郎の静川に戻っていた。

「ならば、こういたそうか。しばらく、そなたの酒の相手をしよう。それでどうだ」

「亭主の弓七に情けなんてかけることはないのよ。私がほしけりゃあ、抱く。ここでは男と女の関わりはそれだけよ。それが真実《ほんと》であとは嘘っぱち」

女郎の静川は、挑むような目で磐音を見た。

嫣然《えんぜん》とした瞳に憂いが漂い、なんとも風情があった。

「おしずさん、ここではそうかもしれぬ。だがな、遊里の外には外の約束ごとがある。それがしは幸吉どのとおそめちゃんに頼まれたことを果たしたい。それだけのことだ」

「豆造に会ったの」

「泉養寺の境内でな」

「豆造は、元気でしたか」

磐音が頷くと、静川に戻ったおしずが手を叩いた。すると、引き付け部屋から注文をとりに先ほどの遣り手が顔を見せた。

「おきみさん、新しい酒と肴をくださいな」

「あいよ」

と磐音の顔をちらりと見た遣り手が顎を振って、あちらの客はどうするのかという表情で静川を見つめた。

「待たせておいて」

静川の返答は素っ気なかった。

「いいのかねえ」

と言いながらも遣り手が消え、すぐに新しい酒と肴の膳が届けられた。

磐音とおしずは、深川のことなどを話しながら酒を飲んだ。

「なんだ、お侍さんは、金兵衛長屋の住人なの。なら、おこんちゃんを知ってるのね」

おしずは深川生まれの女に戻っていた。

「先ほども今津屋を訪ねて、会ってきた。いや、大家どのに紹介されて今津屋の雑用を請け負っておるので、親しくしてもらっておるだけだが」

「おこんちゃんは、私の姉さんみたいな人だったの。遊びから手習いまで、なんでも教えてもらったわ」

「手習いとはなんだな」

「踊りのお師匠さんが一緒でねえ、おこんちゃんは、師匠に跡取りにならないかって誘われるくらい上手だったのよ。私は駄目。なんでも中途半端なくせに、その気になるのだけは早いの。弓七と所帯を持ったのも、知り合ってひと月もしないうちだった。最初は、真面目な鍛治職人だったのよ。あの人の造る鋏は切れ味がいいって、仕立て屋さんにも贔屓《ひいき》にしてもらってたくらい……」

おしずは空の杯を口に持っていった。

磐音が酒を注いだ。

「お侍さんに酒を注がせるなんて悪いわね」

そう言っておしずは一気に飲み干すと、磐音に杯を渡した。

「あの人が博奕狂いだって知ったのは、豆造が生まれた頃のことよ。のめり込んでしまってて、気がついたときには、払いきれない借金が残っていたの。親方には何度も破門されるし、兄弟弟子たちには見放される。毎日のように賭場の借金の取立てが長屋に来るのに、あの人は逃げ回ってばかり。私がここに身を落とすしか道はないじゃない」

「弓七どのは腕のいい職人だと聞いた。立ち直りのきっかけさえあればいいんだがな」

ふいに障子が開けられた。

戸口に、遊び人を絵に描いたような凶悪な面構えの男が懐手で立っていた。懐に匕首でも呑んで、その柄に手を置いている感じだ。

「てめえ、いつまで待たせる気だ」

男が静かに言った。

「こちらのお客様と話がついたら戻るわ」

「女郎、火焔《かえん》の寅三《とらぞう》を舐めんじゃねえぜ。こんな妓楼なんぞ、踏み潰すのはわけもねえんだ」

おしずが磐音に救いを求めるように見た。

「ここはよい、あちらの相手をしてやってくれ。都合のよいときに、約束のものを届けてくれればよい」

そう磐音に言われたおしずは、こくりと頷いて立ち上がった。

宮戸川の仕事に間に合えばいい、そう思い直した磐音は夜明しを覚悟した。

ごろりと手枕で横になった。

数日内に江戸を発って、豊後関前に戻ることになる。

(奈緒はどうしておるのか)

上役の命とはいえ、磐音は奈緒の兄を上意討ちにした人間であった。そんな人間が妹の奈緒と一緒に暮らせようか。

(父上はどうしておられるか)

国家老の命で蟄居閉門になった坂崎正睦が、実高様の許しもなく、死を言い渡されることもあるまい。

磐音はそう思いたかった。

だが、これまで宍戸派が繰り返してきた所業を顧みるとき、ありうる話だった。

(待てよ)

と磐音は脳裏に浮かんだ考えに慄然《りつぜん》とした。

正睦は、藩財政を立て直す役目を負い、すでに着手していた。それがために守旧派の宍戸文六の勘気をこうむったと考えられた。

(もし不正に借り出された一万六千五百両の借り入れを父上の責任にして、始末するようなことがあれば……)

一番恐れる事態であった。

いつの間にか、磐音は手枕で眠り込んでいた。

どれほど眠ったか、悲鳴で目を覚ました。

磐音はおしずの声を聞いたように思えた。

「てめえ！　何者だ」

火焔の寅三の叫びも響いた。

磐音が障子を開けると、廊下を遊客や女郎たちが逃げ惑い、大階段を番頭や若い衆が駆け上がってきた。

磐音も騒ぎのほうに急ぎ向かった。

すると開け放たれた座敷で、匕首を構えた火焔の寅三と裁ち鋏を構えた弓七が睨み合っていた。

寅三のかたわらには胸を血塗《ちまみ》れにした静川ことおしずがよろめき立っていた。それを見世の男衆が取り巻いていた。

弓七が新亀楽に姿を見せていた。

磐音の話に女房恋しさが募ったのか、おしずを殺して一緒に死のうと思ったのか、部屋に飛び込みざま、裁ち鋏でおしずを刺した感じだ。流血の具合からみて、思い切り深く刺していた。

「弓七どの、気を鎮めよ」

磐音が輪の外から叫んだ。

「うるせえ！」

絶望に眼を血走らせた弓七が鋏を構えて、寅三の懐に飛び込んでいった。

が、相手は修羅場を潜って生きてきた渡世人だ。

弓七を十分に引き付けておいて、匕首を振るった。

非情で容赦のない一撃だった。

「おまえさん！」

よろめきながらおしずが亭主のそばに寄ろうとした。

「ちぇっ！　刺された相手だぜ。なんて愁嘆場《しゅうたんば》だ」

寅三はそう吐き捨てると、おしずの肩を引き戻して、

「勘違いするねえ。客が楼に上がっている間は、てめえはおれの女郎だぜ」

「おまえさん……」

おしずはよろめくと、血塗れになってよろめき立つ弓七のもとに寄ろうとした。

「火焔の寅三の前でふざけた真似をしてくれるじゃねえか！」

磐音は若い衆の間を掻き分けて前に出ようとした。

が、寅三の匕首が再び閃き、おしずの首筋からぱっと鮮血が飛び散った。

「やりやがったな！」

弓七が寅三に駆け寄ろうとして、おしずと絡み合い、
どどっ
とその場に倒れ込んだ。

（どうしてこんなことになったのか）

磐音は悲しげに夫婦の終末を見ていた。

火焔の寅三は酷薄な眼差しを二人に投げると、若い衆に、

「どけ、どきやがれ」

と命じた。

寅三の妙に落ち着いた迫力に圧《お》された若い衆が下がった。

磐音が寅三の前に出たのは、そのときだ。

「なんでえ、さんぴん。怪我をしたくなけりゃあ、下がってな」

「そうもいかんでな」

磐音の声も沈んでいた。

亭主の弓七がなぜ吉原に来たのか、はっきりした理由は分からなかった。が、鋏の鍛冶職人が仕事で作った道具を持って、女郎に身を落とした女房を傷つけた以上、行き先は知れていた。

磐音が許せなかったのは、火焔の寅三の、人を人とも思わないその仕打ちだった。

「この者たちには、四つになる子がおる。その仇《あだ》を討たせてもらおう」

「素手で火焔の寅三の匕首の前に立とうという勇気だけは褒《ほ》めてやらあ」

そう言った寅三が匕首を腰だめにして、突っ込んできた。

磐音は左足を後方に引くと、寅三の匕首との間合いを読んだ。

刀槍の修羅場を潜ったものだけができる技だ。

半身に開き、切っ先を左の脇に呼び込んでおいて、寅三の右腕を磐音は自分の左腕に抱え込み、右手で下から押し上げるようにした。

ぼきり！

骨が折れる音が響いて、寅三の悲鳴が口から洩れた。

それにもかまわず、磐音は腰車に寅三の体をのせて、跳ね上げた。

虚空に寅三が舞い、
どさり！

と敷居の上に叩きつけられた。

そのとき、大階段を駆け上がって、吉原を取り仕切る吉原会所の半纏《はんてん》を小粋に着込んだ若い衆が飛び込んできた。

磐音が大門を出たのは、夜明けのことだ。

「坂崎様、面倒に巻き込まれなすったな」

会所の頭分の四郎兵衛《しろべえ》が見送ってくれた。

磐音の持つ風呂敷包みにおしずの衣類が何枚か重ねられて入っていた。

静川ことおしずは、騒ぎが一段落したときには虫の息で、四半刻余り苦しみ抜いた末に息を引き取った。

そして、その直後に弓七も死んだ。

磐音は新亀楽から会所に連れて行かれて、調べを受けた。

磐音には隠すべきことはなにもない。会所の長たちに、吉原を訪ねた事情を正直に告げた。

「坂崎様、そんな事情ならなにも新亀楽に上がって無駄遣いすることもなかったんだ。会所を訪ねて話してくれればねえ、すぐにも手配しましたよ」

と当代の四郎兵衛に言われた。

「坂崎様、調べて分かったことだが、火焔の寅三は日光の代官所からも手配書が廻ってきている極悪人でね、お手柄でした」

「手柄もなにも、豆造のことを考えたら無性に腹が立ってしまいました」

四郎兵衛が頷き、

「寅三はひとつだけいいことをしてのけたかもしれませんよ。おしずと弓七は生き残ったら、この世で地獄が待っていました。それがこの世界の決まりです。だが、夫婦手を取り合って三途《さんず》の川を渡れるんです。見方を変えれば、幸せなことかもしれませんよ」

と言った。

「また縁があればお目にかかりましょうか」

その言葉に見送られて、磐音は衣紋坂を土手八丁へと上がっていった。

四

磐音はその足で宮戸川の仕事に出た。

調子の悪かった次平じいさんも今朝は元気に出てきていた。

磐音ら三人の鰻割きはひたすら鰻の背を割く仕事に没頭した。

「今朝の旦那は、えらくおっかねえぜ。なんぞあったのかい」

と松吉が話しかけたが、磐音は黙々と作業を続けた。

その日に仕入れた鰻の仕込みが終わったとき、磐音は二人の仲間に、

「いま、親方にお断りするが、お二人には迷惑をかけることになる」

と前もって断った。

「なんでえ、勿体《もったい》ぶってよ」

と松吉が応じたとき、井戸端に鉄五郎親方が姿を見せた。

「親方、坂崎の旦那が親方やおれたちに断らなきゃならねえことがあるとよ」

「なんだね、坂崎さん」

磐音は片付けていた包丁を桶《おけ》に戻すと、

「親方、大変世話になっておるのに心苦しいのだが、旧藩のことで国許に旅立つことになりました。まことにもって申し訳ない」

「坂崎さん、いつかは帰参なさる日が来ると思ってたが、それはまことに目出度いことだ」

「親方、早とちりしないでください。それがし、ゆえあって藩を去った以上、簡単に戻るわけにはいきません」

「なら、なんで国許なんぞに戻るんだよ」

松吉が口を尖らした。

「松吉どの、よんどころない事情で一時《いっとき》、国許に戻るだけだ。もし、我儘《わがまま》が許されるなら、江戸に戻った折り、また鰻割きの仕事に戻りたいと考えている。親方、そんな我儘が許されますかな」

「坂崎さん、江戸を留守にするのは、どれくらいだね」

鉄五郎が磐音に訊いた。

「それがしの国許は西国九州です。急ぎ旅でも片道三十日はかかります。もしうまく事が済んだとしても三月《みつき》の後《のち》、戻ってくるのは冬の時分です」

「松吉に次平、その三月の間、宮戸川の鰻割きはおめえら二人の手にかかっているんだぜ。坂崎さんが留守の間はおれも手伝おう。分かったな」

鉄五郎が松吉と次平に言い、松吉が頷くと、

「できるだけ早く戻ってきてくださいよ」

と言った。

「皆さんの志、肝に銘じて旅を急ぎます」

鉄五郎から日当のほかに餞別《せんべつ》まで貰った磐音が宮戸川の裏口を出ると、幸吉とおそめが立っていた。

おそめの目は磐音が下げている包みにいった。

「昨夜のうちに戻ってくるかと思ったぜ」

幸吉の声が尖っていた。

磐音が吉原で夜を過ごしたことを怒っているのだ。

「豆造はどうしたな」

幸吉の怒りには応えず、磐音はおそめに訊いた。

「明け方、泣き疲れて眠りました」

頷いた磐音は、二人に話があると、自ら先に立って泉養寺の境内へ誘った。急に疲れを感じた磐音は、階段にどっかと座った。

「おそめちゃん、これが約束のものじゃ」

包みを渡すと、おそめが受け取った。

「よく聞いてくれ」

「なんでえ。遊んできた照れ隠しにごまかそうたって、そうはいかねえぞ」

幸吉が吐き捨て、おそめが、

「幸吉さん！」

と諫《いさ》めた。

「幸吉どの、そなたの怒りも分からんではない。だがな、考え違いだ。豆坊のお父っつぁんとおっ母さんが死んだのだ」

「なんだって！　今、なんて言ったんだい」

「だから、よく聞けと申しておる」

磐音は昨夜来、急転した出来事を二人に告げた。

二人は思いがけない事態に言葉もなく、呆然《ぼうぜん》としていた。

「今日にも町奉行所から豆造の後見人に知らせが届こう。止めようと思ったが止め切れなかった」

と磐音は心のわだかまりのままに言った。

しばらく放心したように立っていたおそめの双眸《め》が潤んで涙が溢れてきた。

「浪人さん、つまらねえことを考えてすまねえ」

と幸吉が詫びた。

磐音は頷き返した。

「お侍さんは、それが一番よい方法だと考えられたんですね」

おそめが言い出した。

「どういうことだ、おそめちゃん」

幸吉がおそめに訊いた。

「弓七おじさんが刃物を持って吉原に乗り込み、おしずおばさんを傷つけた以上、もはや二人が一緒になれる場所はこの世にはない。だからお侍さんは、やくざ者が弓七おじさんとおしずおばさんを殺すのを見逃したのですね」

「そんな……ほんとかい、浪人さん」

「幸吉さん、お友達でしょ。お侍さんの気持ちくらい察してあげなさいよ」

おそめが叫ぶ。

「吉原のお女郎さんには大変なお金がかかっているのよ。おしずおばさんもそう。それを弓七おじさんは傷つけたのよ。どんな行き先が待っているかくらい、幸吉さんにも分かるでしょ」

「分かるけどよ、そんな悲しい道しかねえのか」

「すべては弓七おじさんが生み出した道よ。火焔の寅三って人がたまたま手を下しただけ。お侍さんにもだれにも止められなかったの」

おそめは女の勘で真実を見抜いていた。

「なんてことだい……」

幸吉が呟き、

「豆坊は、独りぼっちになったのねえ」

と言っておそめは風呂敷包みを抱きしめた。

「幸吉どの、いま一つ、そなたに話しておくことがある。それがし、急に国許に戻ることになった」

幸吉の顔が一瞬強張《こわば》った。

「江戸を留守にいたすのは三月には及ぼう。なにしろ、江戸から二百六十余里も離れているでな」

「金兵衛長屋に戻ってくるよな」

「必ず戻って参る。約定しよう」

幸吉の顔の強張りがいくらか和らいだ。

「なんて日だ」

幸吉が呟いた。

三人の耳に、泉養寺の境内で鳴く蟬《せみ》の声が心なしか寂しげに聞こえた。

磐音が長屋に戻ると、早足の仁助が待っていた。

「東源之丞様の遣いにございます。坂崎様の江戸での用事、あと何日みればよろしいかとの問いにございます」

「終わった。もはや長屋の大家どのと仲間に挨拶するくらいだ」

「なれば、明日にも江戸を発ってほしいとのお言葉にございます」

「よかろう」

磐音が承知し、仁助が頭を下げると、

「坂崎様、あっしもお供をすることになりました。旅の間、なんでも用を申し付けてくだせえ」

と言った。

「旅慣れた早足どのと一緒なれば、心強い」

と応えた磐音が訊いた。

「ほかに東源之丞様のご指示はあるか」

「はい、江戸を発つ前に立ち寄る先があるとか。あっしが明朝ご案内することになっております」

「どこかな」

「それが、あっしもまだ聞かされてないので」

早足の仁助はそう応えた。

「ともあれ、七つ前（午前四時）にはこちらにお邪魔いたします」

「相分かった」

磬音がそう返事をすると、早足の仁助は頭をぺこりと下げて金兵衛長屋から姿を消した。

磬音はまず部屋に上がると、鰹節屋から貰ってきた箱の上に並べた三柱の位牌に報告した。

(琴平、慎之輔、舞どの、国許に戻ることになった。なにが待ち受けておるか、知らぬ。見守ってくれ、頼む)

磬音は長いこと合掌していた。

磬音は六間湯に行くと江戸の垢《あか》を落とした。

その帰りに八百屋に立ち寄り、西瓜を買った。それをぶら下げて、北割下水の品川柳次郎の屋敷を訪ねた。

「なんですか、西瓜なんぞをぶら下げて」

所在なさげな顔で柳次郎が訊いてきた。顎に無精髭が生えているところを見ると、屋敷でごろごろしていたらしい。

「しばらく付き合ってくれませんか」

「こっちは暇を持て余しているんです。どこでも行きますよ」

独り身の気楽さ、古びた単衣に大小を差した柳次郎が、ちびた草履を履いて出てきた。

「竹村さんを誘って、一杯飲みたくてね」

「ほう、坂崎さんがね。めずらしいこともあるもんだ」

二人は南割下水の竹村武左衛門の半欠け長屋に向かった。

相変わらず夫婦で袋張りの内職に精を出していたが、友二人の呼び出しに武左衛門は、心からほっとした顔をした。

「勢津どの、西瓜を買ってまいりました。お子たちと食べてくだされ」

「これはありがとうございます」

と勢津が頭を下げ、長男の修太郎が歓声を上げた。

磐音は、南割下水の辻《つじ》に出ると、

「この刻限に酒を飲ませるところをどこか知りませんか」

「まだ昼前なれば、蕎麦《そば》屋くらいしか開いておるまい」

と酒飲みの武左衛門が答えた。

「それでもかまいませんよ。どこか美味い蕎麦屋をご存じですか」

柳次郎と武左衛門が相談して、

「北辻橋際の三河庵に行くか」

と相談が纏まった。

竪川と横川が交差する北辻橋までは三人の足ですぐだ。

二階の広座敷に通された武左衛門が、

「親父、冷やでよいぞ。すぐに酒を持ってきてくれ」

と酒を注文した。

「今日の坂崎さんはちとおかしいな。顔に疲れが見える」

と柳次郎が言い、

「そういえば一睡もしてない顔だ」

と酒を注文して安心した武左衛門も言い添えた。

「昨夜は吉原に行きました……」

「なんと、艶っぽい話を坂崎さんから聞かされるか」

「竹村の旦那、そんな話じゃなさそうだぜ」

柳次郎が磐音に話の続きを促した。

磐音は吉原に行った経緯《いきさつ》を二人に告げた。

「なんて話だ！」

「ただ働きどころか、身銭まで切って、やくざ者と命のやりとりか。まことにもって坂崎さんらしいな」

と柳次郎と武左衛門が口々に言い、柳次郎が訊いた。

「残された豆造はどうなるのです」

「差し当たり、おそめの家で育てられることになりそうです。おそめのところも子供が三人いるようですがね」

「四つか。すでに父と母の記憶があるだけに切ない話だな」

子持ちの武左衛門が言ったとき、酒が来た。

女中が三人の杯に最初の酒を注いで、

「蕎麦はどうするね」

と訊いた。

「それがしは、酒よりも蕎麦だ」

磐音が注文した。

「お二人に同道願ったのは、豆造一家の話をするためではない。それがし、急に国許に戻ることになりました……」

磐音は簡単に事情を告げた。

柳次郎も武左衛門もしばらく黙っていたが、

「三月か、寂しくなるな」

と呟いた。

「なあに、三月くらいすぐに過ぎる」

「竹村さんは勢津どのや子供に追いかけられっ放しだからな。おれはどうしようもないぜ」

「そこでお二人にお願いがあります。今津屋よりなんぞ仕事の話があったときは、これまで同様にお手伝いください。時には二人して、両国西広小路の店に由蔵どのを訪ねてみてください」

「願ってもないことだ、なあ、柳次郎」

武左衛門が手酌で飲みながら言ったが、柳次郎はただ頷いただけだった。


三河庵に二人の友を残した磐音は、両国橋を渡って今津屋の前を素通りし、南町奉行所に年番方与力の笹塚孫一を訪ねて、江戸を留守にする報告をした。

南町の切れ者与力は御用部屋で、大頭から額に汗を滴《したた》らせながら訴訟の山と格闘していたが、

「そなたがいないとなると江戸は蝉の抜け殻だ。かさりとして、おもしろくもおかしくもないいな」

と笑いもせずに言い放った。

「それにしてもそなた、江戸を離れて国許に戻るというのに、吉原で大立ち回りか」

さすがに南町奉行所の年番方与力だ。すでに吉原の騒ぎを承知していた。

年番方とは、南町奉行所二十五騎の与力中、古参有能の者が務める役職だ。古くは同心支配役与力が交代して務めたのでこう呼ばれた。つまりは、奉行所の情報が一手に集まる職務といえた。それにしても五尺そこその大頭与力は、なんでも承知していた。

「火焔の寅三は、日光代官所領内で火付け強盗を重ねた極悪人だ。そなたは大手柄を立てたことになる。なんぞ褒美《ほうび》をと先ほどから考えていたところだ。残念じゃな」

と言った笹塚が、

「それにしても一つ気になることがある」

「なんでございますか」

「寅三には野分《のわけ》の勝五郎《かつごろう》という兄貴分がいるはずだが、日光から追われたときにちりぢりになったか」

と最後は自分に言い聞かせるように呟いた。

「ともあれ、また江戸に戻って参ります」

磐音が重ねて暇乞いをした。

「戻ってきても、羽織袴で鹿爪《しかつめ》らしい勤番侍に変わっておるのではないか」

「それは皆に訊かれますが、心配無用に願います。再会の節はよろしくお願いいたします」

「南町奉行所でもそなたのことは頼りにしておる。そなたの行くところ、金になるでな」

とにたりと笑った笹塚が念を押した。

「そなたは浪々の身じゃな。旧藩の鑑札《かんさつ》など持っておらぬな」

「ございませぬ」

「待て」

磐音を待たして笹塚はしばらく中座していたが、手に書き付けを持って戻ってきた。

「南町奉行所の関所手形を持参せえ。なんぞの場合に役に立とう」

笹塚は、南町奉行牧野大隅守成賢《まきのおおすみのかみせいけん》の署名入りの関所手形をくれた。これまで磐音が南町奉行所のために働いた功績の褒賞代わりに贈ってくれたのだ。それは旅する浪人にとって何よりのものだ。

「道中気を付けてまいれよ」

笹塚の挨拶に送られて奉行所を出た。

最後に今津屋に挨拶した磐音は夕餉をご馳走になり、書き付けと餞別まで貰った。

帰り道、両国橋に差しかかったのは、四つ（午後十時）の刻限を過ぎていた。手には草鞋《わらじ》や手拭いなど旅仕度を持っている。

暑さがどんよりと淀んでいるせいで、もはや舟遊びの粋人も見かけなかった。行く手に、縞《しま》模様の単衣を尻端折りにして股引《ももひき》に草鞋履き、三度笠を目深に被って道中合羽を肩にかけた遊び人が一人立っていた。

きりりと締めた博多帯に長脇差が差し落とされている。

磐音には覚えのない人間である。

そのかたわらを通り過ぎようとした。

「待ちやがれ、さんぴん」

野太い声がした。

「金の持ち合わせがないこともないが、明日から入り用なものでな」

「ぬかせ、兄弟分を牢送りにした仇を討たにゃあ、明日からこの人界では生きていけねえんだよ」

磐音はようやく笹塚孫一の呟きを思い出した。

「野分の勝五郎か」

「知っていたか」

「先ほど南町奉行所で聞いたばかりだ」

「なにっ！　てめえは奉行所の狗《いぬ》か」

勝五郎はそう誤解したようだ。

「迷惑至極な話じゃな」

磐音はそう言いながら、手にしていた包みを橋の上に落とした。

野分の勝五郎も肩から道中合羽を払い落とすと長脇差を抜いた。

動きに無駄がなく敏捷《びんしょう》だった。

磐音は徹宵した疲れを感じながらも包平を抜いた。

橋の真ん中、一間の間合いで二人は睨み合った。

勝五郎は右手一本に無造作に長脇差を保持していた。

その切っ先はだらりと橋板に向けられていた。

磐音は正眼に構えていた。

磐音の居眠り剣法は、この夜、どこか弛緩《しかん》していた。

「行くぜ！」

野分の勝五郎が律儀に言うと、突っ込んできた。

一見、無鉄砲な長脇差捌きに見えて、度胸と力で修羅場を潜ってきた者だけが醸《かも》し出す迫力を備えていた。

磐音は、片手で斬りかかってきた迅速の剣を弾いた。

勝五郎は胴打ちから袈裟に変化させた。

それも磐音は弾き返した。

勝五郎はそれを見切っていたように長脇差を素早く振るって、磐音に反撃の機会を与えなかった。まるで初秋に吹き渡る野分のように、圧倒的な力で迫ってきた。

磐音は修羅場剣法に押されて後退していた。
かすり傷を何箇所も受けて、ようやく目覚めた。
居眠り剣法の本領を発揮して、攻撃を絡めとり、受け流した。
野分が焦《じ》れた。
ふいに風がやんで、勝五郎が自ら間合いの外に身を逃した。
磐音は正眼に戻した。
勝五郎は弾む息を強引に鎮めると、長脇差を右肩に背負うように立てた。
数呼吸、二人は凝視し合い、同時に仕掛けた。
勝五郎の長脇差は唸《うな》りを生じて、磐音の肩口を襲った。
磐音の正眼の剣は突きに変じて、突進してくる勝五郎の喉元に伸びた。
刃渡り二尺に満たない長脇差と二尺七寸の長剣の差が生死を分けた。
備前包平《かねひら》の大帽子《きつさき》が勝五郎の喉を斬り裂くと、
ぱあっ！
と血の花を夜の両国橋の上に咲かせた。
どさり
と勝五郎が崩れ落ちて、磐音は大きな息を一つついた。

第四章　潜入豊後関前

一

坂崎磐音と早足の仁助が豊後関前の海を見下ろす峠の頂に差しかかったのは、晩夏六月十九日の夜明け前であった。

一年前、友三人で越えたときよりも薄暗い海が二人の眼前に広がっていた。陽光がゆっくりと海から顔を覗かせ、海を橙《だいだい》色に染めた。

潮風が峠に吹き寄せ、峠を覆う濃い夏草が一斉にそよいだ。さらに夏草の海の先に、本物の海が刻々と水面を染め変えながら広がっていた。

江戸を発ったのが五月の二十八日であった。二人は二百六十余里をすべて陸路で踏破していた。摂津湊《せっつみなと》で船待ちする時間を惜しんだからだ。

急げば十三、四日で江戸と関前を早打ちするという早足の仁助にはのんびりした旅かもしれなかった。実数二十二日、磐音にはなかなかの強行軍であった。

夜明け前に辿りつくようにしたのには、わけがあった。

磐音の関前到着を知られたくなかったからだ。

「中居半蔵様はすでに城下に着いておられような」

豊後関前藩江戸屋敷の御直目付中居半蔵は、程ヶ谷宿で藩主の福坂豊後守実高と密会の後、東海道を下って関前に先行していた。

磐音たちが江戸を出立《しゅったつ》したよりも、七日ほど先を進んでいることになる。摂津にて船待ちして乗船したとしても、未だ到着はしていないと思えた。だが、急ぎ旅の中居がのんべんだらりと船待ちをしているとも思えない。

「中居様はなかなかの健脚にございます。あっしらに抜かれるようなことはまずありますまい」

仁助も断言した。

「坂崎様、どちらへ行かれますので」

「明るくなってから蟄居閉門中のわが家を訪ねるわけにもいくまい。仁助、泰然《たいぜん》寺《じ》の和尚《おしょう》に頼んでみようと思う」

西行山泰然寺は、磐音の母親照埜の実家岩谷家の菩提寺である。城下から少し外れているので、関前藩士の墓も少なかった。

「釜屋《かまや》の浜《はま》にございましたな」

さようと答えた磐音は、

「仁助、世話になったな。ここで二手に分かれようか」

仁助の場合、江戸との往来は当たり前のこと、宍戸派にも怪しまれることはなかった。

「なれば、今夜にも坂崎様のお屋敷に忍んで、正睦様に磐音様の関前入りをお知らせしますか」

「いや、父上にも母上にもしばらく我慢してもらおう。それより中居様の屋敷に参ってな、それがしの到着を知らせてくれ。念には及ぶまいが、くれぐれも宍戸派に悟られてはならぬ」

御直目付の中居は、藩命による帰国という体《てい》をとっているはずだ。ならば、当然のことながら屋敷に居住し、お城にも通っていると思われた。それでも江戸から戻った早足の仁助には宍戸派の目が光っていると考えられた。

「畏まりました」

そう言った早足の仁助は、

「坂崎様もくれぐれもご注意なさってくださいませ」

と言い残すと街道を先行していった。

そろそろ城下からの荷馬や旅人が峠に差しかかる頃合いだ。

磐音は菅笠を目深に被り直すと、峠道から外れて海沿いへの脇道に入っていった。

豊後関前城は、別名白鶴《はっかく》城と呼ばれた。関前湾を南北から岬が囲み、湾の中央に迫り出した断崖《だんがい》に城の中枢部があって、白鶴の頭のようなかたちをなして豊後水道に突き出ていたからだ。

〈白鶴城は三面が断崖に隔絶され海に囲まれ、東西二百余間、南北百三十四間。岬はおよそ二十間余の丘陵をなし、西口だけが城下へと通じたり〉

と古書に書かれた地形である。

城郭は、西口に大手門を設けて、家臣団の屋敷や町屋が連なり、大手門の東に西の丸が、さらにその奥に本丸が聳《そび》えていた。

西の丸は東西四十八間、南北三十二間。本丸は東西六十六間、南北六十三間、三層の太守が二十五間の高さに聳えていた。さらに白鶴城の要所要所に高櫓《たかやぐら》が二十八設けられ、天守閣から眺める城下は絶景であった。

磐音は関前湾の海の向こうに懐《なつ》かしい城を眺めた。

磐音は峠から裏山伝いに北側の岬に出ると、いったん弧状に伸びる砂浜に四半刻（三十分）をかけて下りた。

浜では漁師たちが船から獲物を上げているのが望遠できた。

磐音は浜の間近で潮風を吸うと、岬の付け根の浜から石段が続く泰然寺へと上がっていった。

山門では小僧が箒《ほうき》を立てて、柱に止まった蟬を捕まえようとしていた。が、蟬は人の近づく気配を察して、小便をすると逃げていった。

「しまった！」

小僧が頭にかけられた小便を袖で拭い、磐音の気配に気づいて振り向いた。

「一譚《いったん》さん、元気か」

「磐音様……」

一譚が磐音を見て、訝しい顔をした。

母の供で幼い頃から寺参りをしてきた磐音だ。小坊主の一譚が弟子入りした日から知っていた。

「やっぱり磐音様だ、磐音様ですよね」

菅笠の下の日焼けした顔を覗き込んで驚きの声を何度も上げた。

「磐音様、江戸に行かれたという噂でしたが、お戻りになられたので」

曖昧《あいまい》に頷いた磐音は、

「和尚様にお会いしたのち、ちゃんと話そう」

と小坊主を納得させた。

「和尚様は庫裏《くり》で朝餉の用意をなされていますよ」

泰然寺の願龍《がんりゅう》師は、料理上手として知られていた。豆腐でもなんでも、境内で採れた収穫物を使って寺内に湧く水で手作りしてしまうほどだ。

「ならばご挨拶してこよう」

庫裏では願龍が大擂鉢《すりばち》を股の間に抱えて、擂粉木《こぎ》を使いながらお経を唱えていた。

(日々の寝起き、行いこそ修行)

これが願龍の考えだった。

「和尚様」

磐音の声に読経《どきょう》の声がやんだ。顔を上げた願龍はしばらく沈黙したまま、磐音

の全身を眺めていたが、

「帰ってこられたか」

と呟いた。そして、台所で椎茸《しいたけ》を水で戻していた若い修行僧に、

「宋元《そうげん》、替わってくれぬか」

と擂粉木を差し出した。

磐音が知らぬ顔の僧侶だった。

「朝餉ができましたら、私の部屋に二膳運んでくだされ」

願龍はそう言うと磐音を部屋に誘った。

「和尚様、井戸端で旅の埃を落として参ろうと思います。よろしゅうございますか」

「そうか長旅をしてこられたか。汗と夜露をはらってきなされ」

願龍に見送られた磐音は子供の頃から承知している湧き水の出る井戸へといった。

身じまいを済ませた磐音が和尚の部屋に入っていくと、宋元が熱い茶を運んできたところだった。

「お元気そうでなによりじゃ」

と磬音の顔を改めて正視した和尚は、

「父上の蟄居のことを知って帰ってこられたか」

と訊いた。

「はい。承知しております」

「城下では、坂崎正睦様にかぎり不正などあろうかと言い合っておる。が、なにしろご家老文六様のお指図、だれも面と向かってなにも申せぬのだ」

願龍は気の毒そうに言った。

「母上や妹はどうしておりましょうか」

「照埜様と伊代様が最後に寺に見えられたのが、蟄居閉門の沙汰《さた》が出る二日前のことであった。元気そうではあったが顔の憂色から察して、すでに父上の沙汰を承知なされていたのであろう。当分、墓参りにも来られぬと言い残されていかれましたからな」

「そうですか。母上は前もって父上の蟄居を承知しておられましたか」

「磬音どの、そなたの帰国は、お城には極秘のことですかな」

「はい。それでこちらに参りました。迷惑は承知にございますが、庫裏の隅にでも寝泊まりさせていただけませぬか」

「泰然寺はそなたの母方の菩提寺ですぞ。なんの遠慮がいりましょうか」

願龍はあっさりと承知してくれた。

「ありがとうございます」

頷き返した和尚は、

「江戸におられたか」

と訊いた。

磐音は、願龍が危険を顧《かえり》みず宿を与えてくれた以上、信頼には信頼で応えるべきと、江戸の暮らしなどを掻い摘まんで話し聞かせた。そこへ、

「遅くなりました」

と宋元らが朝餉の膳を運んできた。

「馳走になります」

磐音の膳には関前の海で獲れた鯖の開き、野菜の煮付け、浅蜊の味噌汁、香の物と、寺の手作りの料理が並んでいた。

膳を運んできた坊主たちが去ると話が再開された。

「なんと、磐音様が職人たちの住む長屋暮らしですか」

「和尚様、長屋暮らしも気楽でよいものです。ただ、いつもこのようにおいしい朝餉が食べられるとはかぎりませぬ」

「それが田舎《いなか》暮らしの至福ですからな」

二人は箸《はし》を使いながら、あれこれと当たり障りのない話を続けた。

食事が終わった。

合掌して食べ物に感謝を捧げた願龍が訊いた。

「磐音どの、愚僧には小林琴平どのや河出慎之輔どのの起こされた刃傷沙汰が今もって納得できぬのじゃ。あのことをどう考えればよいか、仏に仕える身でありながらどうしても答えが出ぬ」

「和尚様、それがしは、慎之輔が不義の噂に惑わされ、狂ったことが、すべてのきっかけと考えてきました。それゆえ、琴平に討ち手が送られると知ったとき、自ら志願したのです……」

願龍が頷いた。

「そう信じていたからこそ関前を離れました。だが、どうやらそれは違っていたようです」

「違っていたとはどういうことかな」

「和尚様、われら三人の帰国を排斥するためにどなたかが策謀を巡らされたと考えられるのです……」

磐音は掻い摘まんで推測を交じえた話をした。

しばらく沈黙していた願龍が大きく頷き、

「そのようなことが隠されておったか」

「和尚様、まだ確かな証があってのことではありませぬ。真実か、それがしの妄想か。答えが出るまで、和尚様の腹の中に仕舞っておいてくだされ」

「分かった。食事を終えられたら部屋でしばらく仮眠をとられよ。どうせ、磐音どのは日中の城下を歩ける身ではないでしょうからな」

と笑って言った。

その夕暮れ、磐音は母方の岩谷家の墓を掃除し、線香を手向《たむ》けた後、墓のかたわらの小さな斜面に出た。

眼下には関前湾が白波を立てているのが見え、その先に白鶴城の天守閣が夕暮れの残照に照らし出されていた。

磐音は包平《かねひら》を腰に落ち着かせると、瞑目《めいもく》した。

仮眠した体は回復していた。が、身に負わされた任務を考えると頭にどんよりとした靄《もや》がかかっているようだった。

江戸を出立した日の夜明け前、早足の仁助は磐音を豊後関前藩の下屋敷に案内した。

下屋敷は品川宿の西側、芝二本榎《えのき》の筑後久留米藩の隣にあった。

夜明け前、ひそかに面会する人物とは、一人しか考えられなかった。だが、その人物、福坂実高は出府されたばかりで、下屋敷に出向くことができたであろうか。

ともあれ、磐音は裏口からひそかに下屋敷に入り、東屋でその人物と面会した。

「磐音、久しいのう」

やはり豊後関前藩藩主、福坂家の十代目当主実高、五十一歳だった。長命であった先代のあとを受けて藩主の座についたのが、五年前。人柄は温厚で情に厚く、家臣のみならず、領民たちからも慕われていた。

同時に、外様《とざま》大名の十代目としては凡庸《ぼんよう》、と江戸城中では噂されていた。必要なときも口数が少なく、沈黙したままに終わることが多かった。政治に不向き、いわゆる押しがきかないのだ。

宍戸文六に専横を許した理由の一つであった。

「我儘放題の行状、まことに恐縮至極にございます」

暇乞いのことを磐音は詫びた。

かたわらに従うのは東源之丞だけである。

「磐音、河出慎之輔と小林琴平が起こした昨夏の騒ぎには隠された謎があると、中居半蔵とこの源之丞が申しておる。それにそなたの父、正睦の蟄居のことも聞かされた。余はまったく関知しておらぬ。何事が関前にて起こっておるのか。磐音、そのほう自らの目で調べて参れ」

実高はぼそぼそと言い訳するように言った。

「殿、それがしは、勝手に関前を抜けた身にございます」

「磐音、余は承知しておらぬ。昨年、そなたらを関前に送り出して以来、面会はしておらぬでな。暇状など見ることもできぬぞ」

「恐れ入りましてございます」

「そなたは未だ江戸遊学の身、籍は豊後関前藩にある」

「はっ」

実高がそれほどまでに考えていたとは……磐音は畏まった。

「もし源之丞らが申すこと真実なれば、関前藩の大掃除をせねばならぬ。磐音、余がそなたを江戸に伴ったは藩建て直しのためと記憶しておる。そのこと、忘れるでないぞ」

なんと福坂実高はそこまで言い切った。

再び磐音は低頭した。

その肩に手を置いた実高が、

「磐音、国表に入るは決死の覚悟が要ろうぞ」

と言って、書状を差し出した。

磐音はそれを押しいただいた。

「お互い堅固でな、再会いたそう」

磐音が頭を上げたとき、藩主の気配は消えていた。

東源之丞が磐音を早足の仁助が待つ裏口へと送りながら、

「過日、言い忘れたことがあった。近頃、宍戸文六様は身近に浪々の剣客、タイ捨流美濃部《みのべ》大監物《おおけんもつ》と申すものを侍《はべ》らせておる。この者、腕前はなかなかのものと中戸信継先生も申されておる。それに性情残忍にして短気であってな。中戸先生の門弟の一人、御《お》徒組《かちぐみ》狩野《かのう》三五郎《さんごろう》が大怪我を負わされて未だ臥《ふ》せっておる。くれぐれも注意せえ」

狩野三五郎は磐音の弟弟子で、腕前は中戸信継道場でも一、二を争う遣い手だった。

「肝に銘じておきます」


源之丞の言葉が脳裏に浮かんだ。

磐音はその考えが頭から霧散するまで包平の抜き撃ちを繰り返した。

「磐音、よう戻って来た」

真っ暗な中から中居半蔵の疲れた声がした。

いつの間にか海を見下ろす墓地は闇が支配していた。

「仁助が顔を出しましたか」

「城中からの帰り、木陰から声だけが聞こえてきたわ。あやつ、忍びの真似ごともこなしおるぞ」

と中居が苦く笑った。

「それで城下を散策するような顔で釜屋の浜まで上がって参った。ここはそなたの母方の菩提寺だったな」

と念押ししたところをみると、中居は一度庫裏を訪ねて、磐音のことを尋ねたのであろう。

「はい。藩士の方よりも町人が檀家《だんか》に多いのです」

「若き折り、座禅を組むために何度か訪ねたことがあった。座敷から眺める関前の景色は城下一であったな」

「中居様、お疲れの様子にございますな」

「先を越された……」

と半蔵が言った。

「総目付の白石孝盛様が、昨夜城下がりの途中、暗殺された」

「なんと……」

老練な総目付の白石は坂崎正睦の碁敵であり、反宍戸派の中心的な人物であった。

江戸の中居半蔵に国許の様子を早足の仁助に託して早打ちさせたのも白石であった。

「宍戸派の手によるものでしょうな」

「そのほかになにが考えられる」

半蔵の言葉は静かな怒りに満ちていた。

磐音と半蔵は肩を並べて庫裏に戻った。すると願龍が、

「江戸暮らしが長い中居半蔵様には、田舎の味はお口に合いますまいが、般若湯《はんにゃとう》だけは上等な京下りの上物を用意してございます。お席を磐音様の部屋に設けてございますので、お二人でゆっくりとお過ごしなされ。邪魔だけはだれにもさせませぬでな」

と二人を小坊主の一譚に案内させた。

仮眠した部屋とは異なる離れで、開け放たれた部屋からいさり火がちらちらする関前湾が望めた。

「これだこれだ。それがしの記憶に間違いなかったな」

と半蔵が嬉しそうに笑った。

蚊遣りが焚かれた部屋には心づくしの膳と酒が用意されていた。

「ごゆっくり、召し上がってください」

一譚が去ると二人だけになった。

二

二人は酒を注ぎ合い、再会を祝した。

「坂崎、気がかりから伝えよう。そなたの父上のことじゃ。屋敷は思った以上に警戒が厳しくて夜も忍び込めぬ。文六様は白石様を暗殺した今、正睦様を一気に切腹まで追い込む考えのようでな、それも近々命が下るという、城中のもっぱらの噂じゃ」

「実高様のお許しも得ずにですか」

「参勤で江戸に出られたこの一年を利して、完全に国許を宍戸派で固めるつもりだ」

「なぜそのように強引な手を打たれるのでございますか」

「文六様は妄想に駆られておられる。おのれが亡くなれば宍戸一族も消滅するというな」

「…………」

「文六様は、嫡男秀晃《ひであき》様に家督《かとく》と国家老の地位を譲って、あの世に行きたい一念に燃えておられるのだ」

宍戸秀晃は幼少の折りから体が弱く、文六ら一族を悩ましてきた。城に見習い小姓として出るようになったのは二十歳過ぎのことだ。

言動もおぼつかない秀晃を心配した文六は、秀晃の周辺に朋輩衆と称する家臣や陪臣《ばいしん》を集めて固めた。

関前藩の中興の祖として功績のあった文六の、一人息子の虚弱を藩主の実高様も気にかけられたことが藩士たちにも伝わり、秀晃は三十五の年まで父から自立することなく、我儘放題に育ってきた。病弱を理由に江戸藩邸勤番をも務めたことのない秀晃はその分、国許を宍戸派で固めてきたということになる。

「ご家老にお会いになられましたか」

「会わずに済まされぬわ。朝早くから出仕し、夜も遅くまで周りに宍戸派を侍らしてあれやこれやと指示を出しておるゆえ、顔を合わさぬでは済まぬ。屋敷に戻っても同じことらしい。それにしても驚いたぞ、三年ぶりに会った文六様の老いにな」

磐音は、そこまで宍戸文六の老いが進んだこと、そして、そのような老人に藩政をゆだねている豊後関前藩六万石の悲劇と危機に愕然《がくぜん》とした。

「それがしは文六様に呼び出され、なぜ、火急に帰国いたしたかと、詰問された。小細工しても済まされぬと思うたでな、実高様の命により、昨夏の小林琴平、河出慎之輔の一件の洗い直しに帰国したと答えておいた」

「また大胆な返答をなさいましたな」

「なにを申しても文六様は疑ってかかられるわ。ならば、最初から相手に警戒を抱かせるくらいの緊張があったほうが、そう度々ご家老の顔を見ずに済むでな」

と苦笑いした半蔵は、

「ただ、城中の行き帰りに文六様の家来が金魚のふんのように尾行する。その都度、撒くのにひと工夫せねばならぬ。今宵《こよい》も、妻の実家に立ち寄ったふりをして、裏口から抜け出てきたのだ」

「それはご苦労にございましたな」

「坂崎、そなたの父上を文六様が標的になされたは、藩の実務に、特に財政に精通しておられるゆえ、だれよりも恐れたからであろう。そなたが江戸で探り出した一万六千五百両の不正借り入れも、文六様の指示がなければ決してできぬ相談だ。この関前にもその証が残っておるに違いない。もしかしたら正睦様はご存じかもしれぬ」

「それで父上は不正の疑いをかけられ、蟄居の上に切腹を命じられようとしているのですか」

「盗っ人猛々《たけだけ》しいとはまさにこのことじゃ。不正の総本山が、清廉潔白な正睦様を反対に始末しようと策を弄《ろう》しているのだからな」

「……………」

「そなたの父上を救うことは藩を救うことと、国表に戻って改めて気づかされたわ」

「父の疑いを解く策がございますか」

「そこだ」

半蔵は喉の渇きを潤すように、杯に残っていた酒を舐めた。

「それがしは文六様に面と向かって、坂崎正睦様の蟄居閉門の理由を問い質《ただ》した。家老をはじめ藩の重臣の行動を監督糾弾《きゅうだん》するのが御直目付の職務だからな」

「ご家老はなんと応えられましたか」

「坂崎正睦どのは藩財政の改革と称して、藩の物品を藩物産所に独占せんとして、干し海鼠など海産物を買い上げた。その折り、物産を集荷する出入り商人《あきんど》の一人、西国屋次太夫《さいごくやじだゆう》から賂《まいない》を受け取りし疑いこれありとぬかしおったわ」

「中居様、父の藩物産所創設には御用商人の介在を省くという方策をとりましてございます。それだけに当初反発も大きゅうございました。それが、御用商人と結託するなどありようもございませぬ。まして、他国から関前に参った西国屋はいろいろと噂がある商人ではありませぬか」

廻船《かいせん》問屋西国屋次太夫は、今から二十年も前に関前に辿りついて宍戸文六の庇《ひ》護《ご》のもとに大きくなった商人だ。正睦が一番毛嫌いしていた城下の商人といえた。

「だから、盗っ人猛々しいと申しておるのじゃ、磐音。西国屋が文六様と親しいのは周知の事実。一連の騒ぎの背後にはすべて西国屋次太夫が控えておると推測してきた。宍戸派はこの際、なりふりかまわず強引にも正睦様を死に追い込もうとしておるのだ」

「西国屋次太夫は、城下におりますか」

「文六じじいめ、用心深い。正睦様に蟄居閉門の沙汰を下したと同時に、西国屋次太夫をどこぞに隠しおった」

「探す道はなんぞありませぬか」

「なくもない。手は打ってある」

と答えた半蔵は、

「西国屋は長崎に出店を持ち、異国との交易にも手を出しておる。一昨日、西国屋の留守を預かる番頭の一人、清蔵《せいぞう》が供を連れて長崎に発った。それがしはすぐに追っ手を出して、国境を越えたところで捕縛《ほばく》せよと命じた」

半蔵の強引な手に磐音は驚いた。

「相手が相手じゃ、生半可な手では対抗できぬ。それに江戸と違い、こちらの人数も少ない上に、時間《とき》もないでな、仕方あるまい」

「清蔵になんとしても次太夫の隠れ場所を吐かせる。次太夫の身柄を確保できれば、正睦様のお命は助かる」

磐音は頭を下げて、礼を述べた。

「これは坂崎家の私闘ではない。豊後関前藩六万石の存亡に関わる大事だ。それがしはどんな手でも使うぞ」

中居半蔵は改めて宣言した。

「承知しました。中居様、なんなりと命じてください」

「清蔵捕縛の報が届けば、そなたにも連絡する」

「はっ」

と磐音は畏まった。

「今ひとつ、そなたには厳しい話がある」

「なんでございましょう」

「小林琴平の妹、奈緒どのが関前を出られた」

「引越しにございますか」

「そうではない」

中居半蔵は言い淀んだ。

「昨夏の一件以来、元納戸頭小林助成様の中気が進行し、また倒れられた。琴平、舞どのと二人の子が不慮の死に見舞われたのだ。当然といえば当然のことだ。小林家の廃絶は過酷なものでな、屋敷を出されたほかに奉公人は解かれ、蓄財も藩に没収されたそうな。この沙汰に必死で抵抗なされたのがそなたの父上のほか、数人という。ここでも宍戸派の横暴極まれりだ。ともかく小林家は窮乏に追い込まれた……」

「奈緒どのはどこぞに奉公に出られましたか」

「磐音、驚くなよ。時折り関前城下に回ってくる女衒《ぜげん》に身売りなされたようじゃ」

磐音は瞑目した。

（関前に戻るのが、一足遅かったか）

磐音の手が膝の上でぶるぶると震えた。

（琴平、慎之輔、舞どの、助けてくれ）

心のうちで念じた。

「坂崎、心して聞け。奈緒どのの悲劇ももとを糺《ただ》せば、宍戸文六に行きつく。関前滞在の間に不正の確かな証を手に入れて、一気に瓦解に追い込むぞ。それまで、磐音、奈緒どののことは忘れよ」

中居半蔵は過酷な命を磐音に与えた。


その夜、磐音は悶々《もんもん》として眠れなかった。

物心ついたときから、

「磐音と奈緒は夫婦《めおと》になる」

と周囲からもそう言い聞かされ、自分たちもそう信じて生きてきたのだ。

（なんという試練を神は与えられるか）

奈緒の白い顔が磐音の脳裏に浮かび、助けを呼ぶ声がいつまでも消えることはなかった。

明け方、とろとろとまどろんだ。

どこかで磬音を呼ぶ声がした。

それが夢か現《うつつ》か、しばらく磬音は区別がつかなかった。

「坂崎様」

今度ははっきりと聞こえた。

早足の仁助の声だ。

磬音は飛び起きた。

離れ座敷の廊下に仁助が控えていた。外はまだ薄暗いようだ。

「すまぬ、うっかりと寝込んでしまった」

「坂崎様をお連れして参れとの中居様の伝言にございます」

「よし、すぐに仕度する」

磬音は手早く身仕度を整えると庫裏に行き、すでに経を唱えながら味噌を擂る和尚の願龍に外出を断った。

「磬音様、一々のお断りは無用です」

和尚は磬音や中居半蔵の使命を推測で理解したようだ。

頷いた磬音は庫裏から仁助が待つ山門に廻った。

仁助が案内していったのは、臼杵との国境にある、小さな漁村大泊《おおとまり》だ。

二人が漁村に到着したとき、朝は明け切っていた。大泊の外れに小さな岩場の岬、天神鼻が突き出し、その中腹に船魂を祀《まつ》る社があった。

人影もない社の横手に離れて建つ納屋から人の気配がした。

「中居様」

仁助が密やかに声をかけた。すると納屋の戸が開いて、額に汗を浮かべた半蔵が顔を出した。

「坂崎か。ちょうどよいところに来た。まずは入れ」

納屋に入ると、薄暗い土間に二人の町人が縄で縛られ、一人は柱に縛り付けられていた。髪も衣服も乱れているところを見ると、それまで厳しく問い詰められていたのだろう。

責め手の一人は、中戸信継道場の同門、若い藩士の別府《べっぷ》伝之丈《でんのじょう》だ。

磐音と伝之丈は黙って挨拶を交わした。

「西国屋の番頭の清蔵と手代だ」

半蔵が磐音に言うと、

「清蔵、もう一度、西国屋次太夫の行き先を申せ」

「ゆ、由布院《ゆふいん》の湯にございます」

清蔵が諦め切った顔で呟くように言った。

「旅籠はなんという名か」

「湯元屋にございます」

清蔵はそう言うと、磐音の顔を見てはっとした。

「それがしの顔を知っているようだな」

「坂崎磐音様……」

「父は閉門中の正睦じゃ」

清蔵ががくがくと頷いた。

顎で清蔵らを指した半蔵が、

「この者たち、長崎に出る途中に由布院に立ち寄る予定であったらしいわ。宍戸文六様が次太夫に宛てた書状を持参しておった」

半蔵は懐から書状を出すと、磐音に渡した。

磐音は戸口の前に行き、細く開けられた戸から差し込む光でそれを読んだ。

〈西国屋次太夫に急ぎ認め申す。江戸より御直目付の中居半蔵が到着致し、昨夏の騒動を蒸し返して調べるとの申し出あり。殿の命とあらば拒《こば》むわけにもいかず、今のところ好きにさせておる次第。ともあれ、坂崎正睦の処断を急ぎ、完全に改革派の息の根を止める決意致し候。そこで西国屋、そなたの由布院滞在も当初の予定より長くなるやもしれず、そのこと知らせ参らせ候。昨年の騒動では、そなたが御番組頭山尻三郎助《ごばんぐみがしらやまじりさぶろうすけ》次男、頼禎を唆《そその》し、河出舞の不義話を撞木町《しゆもくちよう》界隈に流した経緯《いきさつ》もあり、ここはしばらく辛抱かと考え、命の洗濯なんぞを山の湯で続けられたし〉

磐音は書状を二度三度と読み返し、改めて上野伊織の推測が当たっていたことに思い至った。

「中居様、西国屋次太夫の身柄、それがしにお任せくだされ」

「そうしてくれるか。こちらは、こやつどもをどこぞに幽閉《ゆうへい》しておかねばならぬゆえ、人手は割《さ》けぬのじゃ。早足の仁助をつけよう」

「十分にございます」

頷いた半蔵が、念のためじゃと清蔵に、

「次太夫は何人で滞在しておるな」

と訊いた。

「妾《めかけ》のお糸様に手代と小女《こおんな》……」

「三人だけか、他におらぬか」

清蔵はしばらく沈黙した後に、

「美濃部大監物様のお仲間、姫村理三郎《ひめむらりさぶろう》様ら五人が従っておられます」

「こやつ、まだ隠していることがあるぞ」

と中居半蔵は言うと、

「坂崎、たれぞつけるか」

と訊いた。

「差しあたって仁助と二人で十分にございます。次太夫を城下に移送する際に手が要るかと思います」

「よし、そなたらからの連絡《つなぎ》を受け次第、人手を由布院に送る」

磐音は半蔵に畏まると、仁助に出立の合図をした。

磐音と仁助は、臼杵城下を抜けた街道から山道に入った。旅慣れた二人でも山道はそうそうはかどらなかった。

阿蘇野川の流れのそばの旅籠に泊まり、翌早朝からさらに大分川の流れに沿って由布院を目指した。

由布院の湯は「豊後国風土記」によれば、この地に生育する栲《たく》で木綿《ゆう》を作っていたことに由来し、奈良時代には穀物などを貯蔵する院、つまり倉が置かれていたことから、名がついたという。

由布岳の麓《ふもと》から湧き出す湯は豊かで、昔から湯治客《とうじ》に愛されてきた山里の湯だ。

磐音と仁助の二人が、雨乞岳《あまごい》、花牟礼山《はなむれ》の谷間を抜けて、湯平《ゆのひら》、渡司《わたし》、馬渡《まわたし》、網代《あじろ》、津々良《つづら》を経由して由布院の湯煙を眺めたのは、大泊を出て二日目の夕暮れであった。

高台から眺める由布院は、夕霧がたなびいてなんとも幻想の里であった。

「どこぞに宿を求めようか」

さすがの仁助も由布院の里は初めてだという。

大分川に沿った里道を下っていくと、少年が流れで馬を洗っていた。

夕暮れの刻、里は茜色《あかね》に染まり、河原に無数の蜻蛉《とんぼ》が飛び交っていた。番《つが》いながら飛んでいく蜻蛉もいた。

「ちょいと訊いて参りましょうか」

仁助が身軽に河原に下りると、旅籠のありかを訊きに行った。

磐音は水の瀬音以外、物音ひとつしない里に江戸の喧騒《けんそう》を重ね合わせて思い出していた。

仁助は少年と長いこと話し込んでいた。最後には小銭でも渡したふうで苦笑いしながら戻ってきた。

「坂崎様、お待たせしました」

その肩に秋茜と呼ばれる赤蜻蛉が止まっている。

「なんぞ収穫があったようだが」

「なにしろ小さな村です。一行の滞在は評判になっているようです」

そう言った早足の仁助は、

「由布院一の湯治宿は、西国屋次太夫一行が泊まる岳本の池のそばの湯元屋だそうにございます。そのほか池の周りに、客を泊める旅籠が四つ五つ、湯治客を泊める百姓家が数十軒あるそうです。なにしろ湯口だけで何百とあると申します。湯元屋とは池をはさんだ対岸の湯治宿、豊後屋が客あしらいがよいと申しますので、そこに参りましょうか」

少年に手を振った仁助は、さらに流れに沿って下り始めた。

「西国屋の一行は由布院でも評判を呼んでおりましてな、なにしろ妾のお糸に用心棒の浪人連れです。なんぞいわくがあるのではと、村では言い合っていると申します」

「湯治客とは一風変わっているからな」

「それに浪人たちがしばしば酒を飲んでは騒ぎを起こすとか。若い娘は湯元屋には近づけるなと、名主の命が出ておるそうにございます」

「酔って女子衆にいたずらを仕掛けておるのだな」

「そんなところでしょうな。それでも、世の中は不思議なもので、宇佐《うさ》から湯治に来ておる商家の女房と、浪人の頭分の姫村理三郎がねんごろになって、毎晩姫村は湯元屋から女房の泊まる百姓家に通っておるそうにございますよ」

「ほう、それはまたおもしろき知らせだな」

まずは姫村を捕縛して、次太夫たちの様子を訊き出してもいいかと考えながら、磐音が足を進めていると、

「この土橋にございましょう。まっすぐに行くと湯元屋のある由布院の名主屋敷前に出るそうにございます。あっしらはこの土橋を渡って、池の対岸に出ることになります」

仁助と磐音は、丸太を三本並べた上に土を載せた橋を渡り、さらに土手を三、四丁ほど下った。すると、少しばかり小高い丘の上から白い湯煙が立ち昇り、平屋造りの黒ずんだ湯治宿が見えてきた。

由布院の旅籠は岳本の池を囲むように散在していた。湖底から温泉が湧き出る不思議な池だ。

磐音が向こう岸を望むと二階建ての湯治宿が目にはいった。

その横手には、豊後富士の異名を持つ由布岳が四千八百余尺の秀麗な姿を夕暮れの空に聳えさせていた。

仁助は旅籠の玄関に走り、女衆と話していたが、流れと山を眺める磐音に、

「うまい具合に一部屋空いておりました」

と知らせに来た。

豊後屋は、長屋のような湯治宿が三棟並び、それぞれ一棟に十二組が寝起きできるようになっていた。

「坂崎様、夕飯前にちょいと湯元屋を覗いてまいります。湯なんぞに浸《つ》かって待っててくだせえ」

「無理は禁物だぞ」

磐音の言葉に頷いた早足の仁助が姿を消した。

磐音は、川の流れに近い端っこの部屋に通された。板の間に夜具が積んである だけの部屋である。

「名物の湯に入れてもらおうか」

磐音はまず岳本の池の共同湯の下ん湯を教えられ、旅籠から半丁と離れていない湯に向かった。

三

源泉が何百もあるというだけに、由布院岳本の下ん湯は滔々とした湯を湛《たた》えていた。暮色の忍び寄る湯船には松明が灯《とも》され、鄙びた旅情を掻き立てた。

磐音はたっぷりとした湯に五体を沈めて、伸ばした。

「どちらからの湯治にございますか」

湯煙の中から声がかかった。

百姓か、老人が声をかけてきた。

「近くを通りかかりましたでな、一夜くらい由布院の湯にと思い、立ち寄ったのです。関前から参りました」

磐音はこう告げた。

「それは遠路はるばるでございましたな」

「そなたはよう見えられるのか」

「秋を前に骨休めにございますよ。毎年、十日ほど寄せてもらいます」

人品から見て、近在の名主か庄屋であろうか。

「こちらの湯には、方々から湯治に来られるようですね」

「噂を聞いて、九州一円からこんな山奥まで湯治に来られます」

「川向こうで湯治とは思えぬ浪人者も見かけました」

磐音は偽りを言い、訊いてみた。

「ああ、あれにございますか。とある商人が若い妾に用心棒まで引き連れて、湯元屋に滞在しているのですよ。浪人どもは退屈とみえて、酒を飲んでは騒ぎを繰り返す。湯元屋でもほとほと困っておるようですがねえ」

老人が声を潜めて言った。

「それはまたどちらのお大尽《だいじん》ですか」

「お侍様と同じ関前の西国屋次太夫様ですよ」

「おおっ、西国屋の主《あるじ》どのの一行か」

磐音は驚いてみせた。

「ご存じで」

「それがしのような下士には口も利いてもらえぬでな、面識はござらん」

「それはようございました。俗塵《ぞくじん》を離れた山里の湯に来るのに妾を伴い、さらに無粋な浪人連れとは西国屋の所業が知れます」

老人はにべもなく吐き捨てた。

「おお、これはつまらぬことを話しましたな。お先に失礼しますよ」

老人が上がっていくと、広い湯は磐音一人になった。

松明の明かりが力を増して、湯に照り映えた。

（奈緒、どこにおる）

恋しい女《ひと》の顔が脳裏に蘇《よみがえ》った。

まず関前藩の禍根《かこん》を取り除いた後に奈緒の行方を探す、それがこの二日、山道を歩きながら決心したことだ。

（待っていてくれ、奈緒）

人の気配がした。

「戻ってまいりました」

仁助が湯船のそばに来て桶で湯を何杯もかぶり、旅の汗を流すと湯に入ってきた。

「湯元屋では西国屋の一行を持て余しています」

「毎晩、浪人どもが酒に酔って悪さをするようだな。湯治の老人に聞いたが」

「里の女が何人もいたずらをされたようで、土地の若い衆が浪人を襲うというのを古老たちが引き止めるのに必死だそうです。そのうち、血を見ることになるのではと、どなたも心配しておられます」

「姫村理三郎は、今夜も、宇佐から湯治にきているという女のところに出かけるか」

「それが年増女のところで今も酒盛りをしていますよ」

仁助が苦笑いした。

「今晩は泊まりとみました」

「お盛んなことだな」

「女が滞在する百姓家は、湯元屋から三丁と離れていません。前が畑で三方を竹藪に囲まれた豪農の離れでしてね。煮炊きは連れてきた小女がしているようです」

仁助は姫村がいるという百姓家を見てきた様子だった。

「ひと眠りしたら、姫村理三郎どののご機嫌を伺いに行きますか」

「ならば、湯から上がって飯が先だ」

仁助は、足が速いばかりではない。すべての動きに無駄がなく早い。

万事にのんびりの磐音をびっくりさせた。

が、江戸からの旅の間に互いの呼吸が飲み込めると、性急とのんびりはなんとなく歯車が嚙み合っていた。

磐音が湯から上がったときには、仁助はすでに旅籠から借り受けてきたという洗いざらしの浴衣に袖をとおしていた。

「坂崎様にもございます」

脱衣場の籠に浴衣と帯が用意されていた。

「これはなにより」

磐音たちは囲炉裏のある板の間に行った。

由布院は標高四千八百余尺の由布岳の南西麓に広がり、周囲を山に囲まれて狭《さ》霧《ぎり》が立つ地として知られていた。それだけに囲炉裏は欠かせなかった。

湯治客の大半は自炊だ。

囲炉裏端に用意されていたのは、二つの膳だけだ。

猪肉《しし》と野菜の炊き合わせ、岩魚《いわな》の塩焼き、具だくさんの汁、漬物が大丼《おおどんぶり》に盛られていた。

「酒は焼酎《しょうちゅう》ですがお口に合いますか」

「仁助、それがしは関前生まれ、焼酎の香りを嗅《か》いで育った口だ」

磐音が酒の味を知ったのは江戸に出たあとのことだ。

二人は焼酎を二合ほど分け合って飲んで陶然《とうぜん》とした。

自炊の食事を終えた客たちが、囲炉裏の周りに茶菓子などを持ち寄ってきた。

「またお会いしましたな」

下ん湯で会った老人の顔もあった。

磐音たちは早々に食事を終えると、部屋に引き上げた。

「少しばかり仮眠をいたそうか」

磐音と仁助は板の間に夜具を敷き延べるとすぐに鼾《いびき》をかき始めた。


磐音と仁助は夜明け前の土橋をすたすたと渡った。三刻（六時間）余り熟睡したせいで、二人の体力はすっかり回復していた。

仁助は前夜歩いているだけに、暗闇でも足の運びに淀みがない。

「坂崎様、あの百姓家にございますよ。離れは竹藪に囲まれて見えませんが」

そう言った仁助は、

「ここらでお待ちください。離れの様子を見て参ります」

仁助がすっと磐音の前から姿を消した。

中居半蔵が、

「仁助は忍びの真似ごともこなしおるぞ」

と感心した身のこなしで竹藪に溶け込んでいった。

磐音は、朝がゆるゆると明けてくる光景を眺めていた。

盆地の湯の里に朝霧が漂い、この世とも思えない世界を浮かび上がらせていた。

「坂崎様、いい塩梅《あんばい》にございました。姫村はさすがに一晩主のもとを空けたことが気になるのか帰り仕度をしております。すぐにもこちらに姿を見せます」

霧をそよとも動かさずに磐音のもとに戻ってきた仁助が報告した。

「どこか待ち受ける場所はあるかな」

「湯元屋への戻り道、竹藪の中を一丁余り通ることになります。そちらで待ち受けるというのはいかがですか」

「そなたに任せる」

二人は霧を蹴散らして竹藪の道に先行した。

姫村理三郎が二人の待ち受ける竹藪に差しかかったのは間もなくのことだ。

背丈はさほど高くはなかった。が、がっちりとした体付きで腰がどっしりと安定していた。年の頃は三十三、四か。剣術家として一番脂《あぶら》が乗りきった年齢であった。

竹藪の地表から一、二尺のところを霧が這《は》っていた。

姫村理三郎の足が止まった。

磐音が行く手を塞ぐように立っていたからだ。

白み始めた朝の光に磐音の様子を見ていたが、

「何者じゃ」

と誰何《すいか》した。

「元豊後関前藩家臣坂崎磐音」

「坂崎……蟄居閉門を申し付けられておる坂崎の縁戚か」

姫村は関前のことをよく知らないのか、訊いた。

磐音はその問いに沈黙したままだ。

「何用あって、おれを待ち受けた」

「そなたには格別用はない。西国屋次太夫どのに用があってな」

「それで用心棒のおれを始末するというのか」

「由布院から立ち去ってもらいたいとお願いしても駄目でしょうね」

「ふざけたことを」

姫村理三郎が剣を抜いた。

構えに一分の隙もない。小遣い銭稼ぎの用心棒の腕前には勿体ないほどだ。

「関前藩の家臣なら、神伝一刀流の中戸信継の弟子か」

「さよう」

「田舎剣法じゃな」

と姫村は蔑《さげす》んで言った。

「お手前の流儀はなんでございますな」

「愛洲移香斎《あいすいこうさい》様直伝の新陰流だ」

姫村は嘘か真実《まこと》か、胸を張った。

剣は脇構えにつけた。

磐音は備前包平《かねひら》二尺七寸を正眼に置いた。

峰に返す余裕はない。

姫村が剣を抜いたときから死闘になると覚悟した。

竹藪の真ん中に踏み固められただけの、幅一間ほどの道。

二人は間合い四間で対峙していた。

風が吹き来て、足元の霧を乱した。

竹の幹にあたった霧が立ち昇って二人の視界を妨げた。

「おおおっ！」

姫村理三郎が霧を蹴散らして突進してくると、脇構えの剣を伸びやかに回転させた。

磐音も踏み込みながら、車輪に走る剣を正眼の剣で叩いた。

流れた姫村の剣が直径三寸ほどの竹を両断して倒した。

また霧が舞い上がった。

姫村はすぐに体勢を立て直すと、剣を磐音の右肩口に移行させ、襲った。

流れるような剣捌きで、遅滞がない。

磐音はそれも弾き返した。

居眠り磐音の受けの剣が姫村の攻撃を読みきって丹念に防戦した。だが、攻撃に転じる気配はない。いや、姫村の攻撃が俊速で付け入る隙がなかった。

磐音は細心の注意を払いつつ、受け、払い続けた。

焦れたのは攻め続ける姫村理三郎のほうだ。

「おのれ、のらりくらりと躱しおって！」

怒号した姫村が上段からの袈裟討ちを連続して見舞ってきた。

磐音は激しい連続技を躱しながら後退していった。

「それっ！」

一段と高く振り被った姫村の攻撃と攻撃の合間に綻《ほころ》びが生じていた。だが、攻撃に熱中する余り、そのことに気がつかなかった。

「死ねっ！」

口を大きく開いた姫村が上段に豪剣を振り戻した。そこから雪崩《なだ》れるような、懸河《けんが》の勢いで剣が襲い来る。

その一瞬の隙を磐音は見逃さなかった。

防御一辺倒に使われていた包平が脇に落ちて、車輪に回された。

振り下ろされる剣と胴撃ちが同時に仕掛けられた。

が、磐音が踏み込んだ分、包平が姫村理三郎の胴を深々と両断して、磐音はその勢いで竹藪に走り込んでいた。

背中で、

どさり！

と音がした。

振り返った磐音の目に霧を乱して姫村が倒れ伏すのが見えた。

「ふううっ」

磐音が息をひとつついて包平の血振りをした。

「坂崎様、お見事にございました」

早足の仁助がそう言うと姫村の死を確かめていたが、

「この者の死体、どういたしますか」

と訊いた。

「どこぞに山犬などが食い荒らさぬ場所はないものか」

「竹藪の向こうに古井戸がございますが」

仁助はそのことまで計算に入れてこの場所を戦いの地に選んでいた。

「よかろう」

二人は姫村の手足を抱えて古井戸まで運び、磐音が懐から懐中物と脇差を抜くと死体を投げ落とした。

「仁助、この二つのものを村の子供に託して湯元屋の次太夫に届けてくれ。様子を見ようではないか」

「畏まりました」

　仁助が嬉しそうに笑うと、

「坂崎様、朝湯に浸かりながら待っていてください」

　と言うと霧の中に姿を没していった。


　岳本の共同湯、下ん湯に行くと昨夕の老人がいた。

「朝早くからお出かけでしたか」

「由布院は初めてにございます。あちらこちらと見物に廻っておりました。供のものとも相談し、もうしばらく滞在いたそうかと考え直しました」

「それはよい考え、わざわざ山奥まで立ち寄られて一泊は少ない。せめて四、五日は湯に浸からねば効能が出ませぬ」

　磐音は朝早くから闘争に及んだ神経の高ぶりと、姫村理三郎の血の臭いを洗い流すように五体を湯につけた。

　日出《ひじ》から湯治に来たという隠居の繁平《しげへい》と四方山話をして、長湯をした。が、仁助が戻ってくる気配はない。

湯治宿に戻って一人先に朝餉を食した。

「主どの、すまぬが今しばらく膳は残しておいてくれ」

と言い置いて部屋に戻った。

仁助が豊後屋に戻ってきたのは、四つ（午前十時）を回った刻限だ。

「次太夫のところは釜の湯をひっくり返したような騒ぎです。姫村の仲間たちが女のところに走り、百姓家と湯元屋の間を何度も往復して探していましたが、先ほど戦いの場を探しあてました」

死体はむろん発見されていないという。

「次太夫はなんぞ動きを見せたか」

「湯元屋で働く下女を金で口説《くど》いて聞き耳を立てさせたところによると、しばらく様子をみようということになったようです。浪人たちは由布院の旅籠を虱潰《しらみつぶ》しにして怪しい者はいないか探せと命じられました。早晩、ここにも来ます」

「ならばお待ち申そうかな」

と応えた磐音は、

「仁助、飯を食べてくれ」

と言った。

豊後屋に姫村理三郎の仲間が顔を見せたのは、板の間で磐音と仁助が昼飯代わりに蕎麦を食っているときだった。

土間に立った四人は、

「関前から来た坂崎とはそのほうか」

と小柄な男が磐音を睨んだ。帳場で訊いてきたようだ。

「中老の坂崎と関わりの者か」

磐音は黙したままだ。

小柄な浪人が板の間に土足で上がってきた。

「そなた、姫村理三郎どのをどうしたな」

「愛洲移香斎様直伝の新陰流の姫村どのか」

「やはりこやつが姫村どのの行方に関わっておるぞ!」

大兵肥満の巨漢が叫んで、抜刀する小柄な仲間のかたわらに飛び上がってきた。

「姫村理三郎どのは今ごろ三途の川を渡られているであろう。そなたらもあとを追われるか」

磐音が土足の二人をじろりと見た。

「おのれ!」

「そなたらの任務は西国屋次太夫の護衛ではないのか。戻って次太夫どのにご相談申し上げたほうがよいと思うがな」

磐音の言葉に巨漢が剣を振り上げた。

「待て！」

と制止したのは小柄な浪人だ。

「こやつ、なんぞ魂胆《こんたん》があってわれらを挑発しておる。それなれば、逃げも隠れもすまい。まずは西国屋どのと相談だ」

板の間から身軽に飛び降りた。

巨漢もしぶしぶ後退して土間に降りた。

「このままで済むと思うな」

小柄の剣客が言い、姿を消した。

磐音のかたわらの早足の仁助が立ち上がり、後を追っていった。

四

由布院を見下ろす峠で磐音は振り返った。

二日ほど滞在した湯の里は狭霧の海の下に沈んでいた。

先行していた早足の仁助が音もなく戻ってくると、

「若い妾のお糸がぐずって、西国屋の奴、うんざりしてますぜ」

「急な話では山駕籠も用意できなかったろうからな」

「馬は怖いというし、大弱りでさ」

「お糸は泣き泣き歩いておるか」

「浪人の一人に背負われて進んでますがね、どこまで保《も》ちますか」

由布院の湯治宿の湯元屋に滞在していた西国屋次太夫一行は、夜中過ぎに突然動き出した。

磐音たちを振り切って豊後関前に戻ろうとしていた。

そのことは一行の動きを見張っていた仁助の知るところとなり、磐音たちも女連れの次太夫たちを追って、古い温泉、湯平への道を追跡することになった。

次太夫たちの行方さえ見失わなければ、できるだけ豊後関前に近い場所で次太夫の身柄を確保すればよいことだ。磐音たちは尾行を覚られないように早足の仁助が時折り相手の様子を確かめながら進んだ。

「あの分じゃ、府内（大分）城下に下りて、船か駕籠を雇うことになりそうです」

仁助が苦笑いした。

「相手次第の旅です、のんびりいきましょう」

大分川の流れに沿ってうねって続く街道を津々良、網代、馬渡と進んだところで、一行は長い休みを取った。同行していた手代が一行を離れて先行していった。

「なにを考えやがったか」

仁助があとを追った。

磐音は、憮然《ぶぜん》とした次太夫や駄々をこねるお糸の様子を眺め下ろせる林の中から監視した。

一刻（二時間）ばかり後、馬が二頭引かれてきた。

仁助と手代の姿はない。

磐音は一行に近づいて様子を窺った。すると馬は湯平で雇われたということが分かった。馬の背に次太夫とお糸が乗って再び進み始めた。

仁助に何かあったか。

危惧《きぐ》を抱いての追跡行になった。

その仁助が汗みどろで戻ってきたのは昼の刻限だ。

湯平からさらに一里ばかり下った庄内の集落の手前だ。

「坂崎様、しくじりました」

仁助の血相が変わっていた。

「どうした、仁助」

磐音がのんびりと訊いた。

「手代の野郎、湯平で馬を雇った後、百姓家に頼んで飯なんぞを炊かせてのんびりしてやがるんで、こちらも一行を湯平で待つのかとつい油断したら、姿を消してしまいました。必死で街道を追ってみましたが、山道に入ったのか、どこにも見当たらないんで。申し訳ありません」

「なんだ、そんなことか」

と笑った磐音は、

「豊後関前に走って宍戸文六様にご注進したところで、それまでには決着をつけておこう」

「それはそうでしょうが、手代の野郎、こっちを嘲笑《あざわら》っているかと思うと悔しゅうございます」

仁助は面目を潰されたと思ったか、悔しがった。

「それより仁助、よい匂いがしておるようじゃがな」

「いけねえ。腹を立ててたら、朝飯を忘れるところでしたよ」

と仁助は背負った道中袋から竹皮包みを出した。

「あっしもね、手代を真似て、街道沿いの飯屋をたたき起こして握らせたんですよ。飯は残りだが、煮物は煮なおしてくれたんでまだ温かい」

竹皮にはそれぞれ大きな塩握りが三つと、鶏肉と牛蒡、人参、蒟蒻などの炊き合わせと古漬けが入っていた。

「これは思いがけない馳走じゃ。どこぞで休憩したときにいただこう」

腹を減らして進む西国屋の一行は庄内の里で歩みを止めた。

「この分だと今日中に府内に着きませんね」

ともかく磐音たちとしては、できるかぎり豊後関前近くで次太夫の身柄を確保したい。が、手代が関前に走って援軍を呼ぼうと考えている上は、どこで行動を起こすかが思案のしどころになった。

庄内の百姓家に頼んで朝餉と昼餉兼用の食事をとった次太夫たちが動き出したのは、日が傾き始めた刻限だ。

磐音らは仁助が機転を利かせた握り飯で満腹になり、休憩も十分にとってののんびり旅だ。

次太夫らのゆっくりした歩調にうんざりした二人の浪人が、先行したのを見た磐音は、

「仁助、腹ごなしに体を使うとするか」

と誘いかけた。

「合点で」

仁助は呑み込みも早く、街道を迂回《うかい》する山道に案内していった。

二人が再び街道に戻ったのは、一行より五、六丁も先の曲がりくねった杉林の中だ。すでに林の中は暗かった。

磐音は脇差を抜くとまだ若い杉の幹を四尺ほどの長さに切り、小枝を払って木刀を作った。

浪人の足音が聞こえるまで街道脇の杉の大木の陰に身を潜めた。道の反対側の斜面には早足の仁助が潜んだ。

足音がしてきた。

「山道で野宿じゃな」

「いや、次太夫どのは松明を灯しても先に進む気だ」

「府内の知り合いに助けを借りに走った手代は、もはや到着しておろうな」

「それが頼りの夜旅だぞ」

二人が通り過ぎようとしたとき、仁助が立ち上がった。

浪人たちが振り向き、

「おまえは坂崎の連れじゃな」

と刀の柄《つか》に手をかけた。

その瞬間、後方から忍び寄った磐音の棒が虚空にしなった。二人は肩口を強打され、振り向いたところを額を殴られて気を失った。

磐音は手造りの木刀を小脇に抱えると一人の足を抱えて大分川の河原に引きずりおろした。もう一人も仁助が引きずってきた。

西国屋次太夫の一行が街道を通り過ぎていった。それを見定めて、磐音は二人の刀の下げ緒で手足を縛り、河原に転がした。磐音が二人の大小を抜き取って流れに放り込んだ。すると仁助が、

「よからぬ考えを起こさないようにしておきますか」

と懐から小刀を出して二人の髷を切り落とした。

「お二方、えらいことになったな」

「いくらなんでもこれでは次太夫に合わせる顔がありますまい」

仁助が髷を流れに投げ込んだ。

二人は川原伝いに次太夫の一行を追い越そうとした。すると開けた場所で一行は止まっていた。

馬上の次太夫の怒鳴り声が響いた。

「おまえさんの仲間はどこに消えたんだい！」

残った二人の浪人が顔を見合わせ、その一人が、

「旦那、先ほど通った杉林の手前でなんぞ物音を聞かれなかったか」

「どういうことなんです、堀田さん」

「われらは坂崎たちに尾行されているということだ」

「なんですって！　今もどこぞから私どもを見張っているということですか」

「まず間違いあるまい」

堀田と呼ばれた浪人があたりを見回した。

「旦那、どこぞの百姓家に頼み込んで、そこで府内からの援軍を待つほうがいい」

次太夫はしばらく考えていたが、

「いや、おまえさんの言うことが当たっているとしたら、手代の伊吉《いきち》だってどうなったか、しれたもんじゃありません」

と言うと、

「馬方さん、酒代はたっぷり払うよ。なんとしても府内まで送っておくれ」

と命じた。

一行は再び府内城下に向かって進み始めた。

磐音たちは再び前方から松明を灯した一行を見張りながら進んだ。

「なんぞ策はありませんか」

仁助が磐音に訊いた。

「府内からの援軍はいつ合流できるとみればよいかな」

「まずは夜明け前と見ましたがねえ」

「となると一気に片をつけようか」

大分川が川幅を広げ、大きく蛇行する鬼ヵ瀬集落に先行すると、そこを待ち伏せの場所にした。

仁助は川原に下りていった。次太夫の身柄を確保したときの船を探しに行ったのだ。

松明がゆっくりと近づいてきた。

先頭の馬には次太夫が乗り、左右を二人の浪人が固めていた。さらに続く馬には妾のお糸が乗り、かたわらには小女が従っていた。

馬方が掲げる松明の明かりに、馬上の次太夫の手に火打ち石式の短筒《たんづつ》が持たれているのが見えた。

歯車が回転して火打ち石と摩擦《まさつ》し、それによって生ずる火花が火皿の点火薬に移って発射される仕組みの新式短筒だ。さすがは長崎に出店を持つ西国屋の持ち物だった。

街道沿いに小高い岩場があるのを見た磐音は、その岩場まで先行すると岩によじ登った。

松明がゆっくりと近づいてきた。

馬上の次太夫がすぐ真横を通り過ぎるまで岩場に伏せていた磐音は、次太夫が接近したときを見計らって立ち上がった。

「あっ！」

次太夫が手にした短筒の銃口を磐音に向けたとき、杉の木刀が唸りを生じて次太夫の肩口を強打し、馬上から転がり落ちた。

「おのれ！　出おったな」

刀を抜き払おうとした浪人二人の間に飛び降りた磐音の木刀が左右に振られた。

奇襲攻撃に驚いて暴れる馬を、必死で馬方が手綱を引いて宥《なだ》めようとしていた。

そんな混乱の最中だ。

奇襲をかけた磐音に分《ぶ》があった。

木刀が二人の脇腹と肩口を叩いて転がした。

次太夫は、路傍《ろぼう》に転がり落ちていた。

「馬方どの、騒がせたな」

磐音の声がのんびり響いたときには、馬方も馬を鎮めていた。

「おまえさん方はなんだな」

と血相変えて問う馬方に、

「西国屋の旦那に用事があるものでな、そなたらには危害は加えぬ。すまぬが女子衆をどこぞの里まで送ってくれぬか」

そう言うと磐音は木刀を投げ捨て、馬の背にかけられていた次太夫の振分け荷を摑み、路傍に転がる西国屋次太夫を肩に担ぎ上げた。

お糸と小女が呆然と磐音を眺めた。

「騒がせたな」

と二人の女に言い残すと河原に下りていった。

河原では川舟を見つけた仁助がすでに仕度を終えていた。

「せいぜい三里の川下りです。ちょいと小さいが、河口まではなんとか行けましょう」

磐音は次太夫を舟の真ん中に転がした。そのそばに磐音が座り、仁助が竿で河原を押して流れに乗せた。

緩やかな流れに竿を差しながらの舟下りが半刻（一時間）も続いたころ、大分川に沿った街道を、松明を灯して上流へと急ぐ一団を見た。遠目にもやくざ者の一団と知れた。

案内しているのは、西国屋の手代の伊吉のようだ。

「思ったよりも早いお出ましだ」

「やつらがこの街道を引き返す時分には府内に着いていたいものじゃな」

「こっちは流れ任せですがね」

仁助はそう言いながらも、舟足を少しでも速めるように流れに竿差してみたが、速度はさほど変わらなかった。

川幅が広がったせいか、流れが穏やかになっていた。

夜がゆっくりと明け始めていた。

「うーん」

と唸って西国屋次太夫が意識を取り戻した。

胴の間から上体を起こして、磐音と向き合った。

「そ、そなたは……」

「坂崎磐音と申します、西国屋どの」

「このような無体をなされてただでは済みませぬぞ。私は国家老の宍戸文六様と昵懇の間柄です」

「昵懇が過ぎて、豊後関前藩に害をなされているのではありませぬか」

「なにを拠《よ》りどころにそのようなことを申されます」

西国屋次太夫は磐音ののんびりとした口調に余裕を取り戻した様子で姿勢を改めた。

「そなたさまの荷はそれがしの足元にござる」

次太夫の目が振分け荷にいき、狼狽《ろうばい》の色を見せた。

「西国屋どの、それがしの父坂崎正睦は、そなたから賄賂《わいろ》を受け取られたそうな。

父は何の謝礼を受け取られたのでございますな」

「はてそれは……」

「答えられませぬか。ともあれ、それがしはそなたを御直目付の中居半蔵様に差し出すだけのこと。中居様のお調べは江戸でも手厳しいというもっぱらの評判にございますぞ。楽しみになされ」

「坂崎様」

仁助が磐音を呼んだ。

「満ち潮とみえて舟が進みません。これでは陸路を引き返す連中に追いつかれます」

「府内までいかほどじゃ」

「もはや一里ほどと思えます」

「よし、舟を捨てよう」

磐音は決断した。

西国屋次太夫の顔に喜びが走った。

川舟が岸に着けられた。

「聞いてのとおりだ、歩くことになる」

次太夫がよろよろと立ち上がった。

磐音が手にしていた包平の鐺《こじり》を次太夫の鳩尾《みぞおち》に叩き込んだのはその瞬間だ。再び崩れ落ちようとする次太夫を支えた磐音は、肩に担ぎ上げた。

土手に作業小屋が見えた。

「坂崎様、あっしは府内に走って関前までの船を用意いたします。夕刻には迎えに参りますので、あの小屋で待っていただけませんか」

日も高くなろうとしていた。

捕囚を伴い、他国の領内を歩くのは憚《はばか》りもあった。

「そうしてくれるか」

「へえっ、この舟は向こう岸に置いていきます」

由布院からの街道は向こう岸を走っていた。そのことを考えに入れて、仁助は舟を向こう岸に放置しようとしていた。

磐音は川舟が岸を離れるのを見送ると、河原から土手を上がって作業小屋の前に立ち、流れを振り返った。

仁助はすでに対岸の街道に立っていたが、振り向いた磐音に会釈すると、早足の異名どおり、朝の光に滲み溶けるように姿を消した。

磐音は作業小屋の戸を開いた。そこには野良仕事の道具が置かれ、奥には藁《わら》の束が小積みになっていた。

磐音は西国屋次太夫を藁の上に横たえると、念のために手拭いで猿轡《さるぐつわ》をかませ、包平の下げ緒で手を縛った。

そして、次太夫が気にした振分け荷を開いてみた。

片方の籠には着替え、手拭い、扇子《せんす》に矢立、鼻紙に薬類、金子が百両ほどきちんと詰められていた。もうひとつの小物籠には、数冊の書き付けが油紙に包まれて収められていた。

その一冊目の表紙には、豊後関前藩御用備忘録とあった。

磐音は作業小屋の粗く張られた板の隙間から入り込む光で備忘録を読み始めた。引き込まれるように読んでいた磐音の足元で次太夫が再び気を取り戻した。

「西国屋どの、そなた、われらが考える以上に宍戸文六様のふぐりをしっかりと摑んでおるようだな」

次太夫が何か答えかけたが、猿轡のせいで言葉にならなかった。

そのとき、対岸に人声がした。

磐音が板の隙間から覗くと、手代とやくざ者の一団が仁助の放置した舟を見て、何事か話し合っていた。

手代の伊吉の視線がこちら岸に向けられた。そして、やくざの頭分に何事か必死の表情で訴えていた。が、頭分は手を横に振って庄内への街道の方角を指し示し、河原から街道へと上がっていった。

磐音は思わず安堵の吐息をついていた。

脇差を抜くと、次太夫の猿轡を切って外した。

ふうっ
次太夫が口を大きく開いて、空気を肺いっぱいに吸い込んだ。

「あまり無法なことをなさらぬほうが、後々の為ですぞ」

「無法はどちらか、考えてもみよ」

二人は睨み合った。

先に視線を外したのは次太夫だった。

磐音と次太夫は残暑にうだりながら、半日を過ごした。

「お待たせしました、坂崎様」

と仁助の声がしたとき、磐音も次太夫も暑さに意識が朦朧《もうろう》とし、さらに喉の激しい渇きに、応える元気をなくしていた。

第五章　恩讎御番ノ辻

一

　坂崎磐音は、わが屋敷の裏手にある宋道院の石段の闇に身を潜めていた。

　豊後関前藩の中老の屋敷は大手門を出て南側、城と武家屋敷を結ぶ細い砂洲、白鶴の首が胴体のふくらみを見せるあたりの左手にあった。裏は寺町に、さらには小高い浅間山へと通じていた。

　磐音にとって、どの辻もどの塀も熟知した場所である。

　坂崎家は主《あるじ》の正睦が不正の責を問われて蟄居閉門中の身、表口は竹矢来《たけやらい》で封鎖され、裏口からだけかろうじて出入りすることができた。日が落ちるとそこから中間《ちゅうげん》や女中たちがひっそりと買い物などに出ていった。

表口も裏口も国家老の宍戸文六派の家臣たちが警護していた。

ふいに表口で犬の鳴き声が起こり、足音が響いた。

早足の仁助が仕掛けた騒ぎだ。

「表口の様子を見に参る！」

裏口を統率する頭分《かしら》が小者二人を裏口に残して、表へと走り去った。残された二人の小者も六尺棒を手にそちらを眺めていた。

磐音は寺の石段を小走りに駆け下って道を突っ切り、塀の下に積まれた自然石の隙間《すきま》に片足をかけると塀をひょいと乗り越えた。

豊後関前藩侍屋敷の塀は、下に自然石を積み、さらに藁を混ぜた土で練り上げ、その上に瓦をのせた土塀が多い。

磐音は若い時分に父の目を盗んでは塀を乗り越えて、小林琴平や河出慎之輔らと遊びまわったから、土塀のどこに足掛けがあるかを承知していた。

磐音が飛び降りたところは夏蜜柑《なつみかん》の木が何本も繁っていた。

磐音はすでに収穫を終えた夏蜜柑の下を這い進むと樫の大木に接近した。

少年時代、横に張り出した枝に板など張って、小屋にして遊んだ木だ。八尺ばかりのところに張り出した枝に飛びつくと、するすると大木によじ登って身を隠した。

磐音の予測はあたった。

裏口から提灯を灯した警護の役人たちが入り込んで、庭から母屋まで調べてまわった。

その騒ぎが四半刻（三十分）ほど続き、役人たちは磐音の聞き知った声に送られて裏戸から姿を消した。

声の主は老僕の佐平《さへい》だ。

磐音は枝に手をかけてぶら下がり、音も立てずに地表に降り立った。

佐平は、母屋の勝手口に姿を消そうとしていた。

「佐平」

磐音のひそやかな声に佐平が訝しげに振り向いた。

「磐音様！」

「しいっ」

喜びの声を上げる老僕を制すると台所の土間に入り込み、戸を閉めた。

「お待ちしておりましたぞ！」

佐平はそう言うと老いた両眼を潤ませた。

「苦労をかけるな」

「さっ、旦那様の座敷に」

涙を振り払った佐平が磐音に奥に通るよう指し示した。

西国屋次太夫を連れて府内湊《みなと》に辿りついた磐音と仁助は、仁助の知り合いの漁師舟に次太夫を乗せて、臼杵半島を迂回するように関前藩領内に戻ってきた。

仁助からの連絡を受けた御直目付の中居半蔵が浜に駆けつけて、次太夫の身柄をいったん釜屋の浜近くの網元の蔵に移した。さらに夜になって、藩主家菩提寺の大照院の宿坊のひとつに移した。

大照院住職の理伯《りはく》は国家老の宍戸文六をよしとせず、日頃から、

「家臣の分を弁《わきま》えぬ所業」

と非難していた。

そのこともあって、中居半蔵が理伯師に話をつけて宿坊の一つを借り受けたのだ。そこにはすでに西国屋の番頭の清蔵と手代が囚われていた。

「磐音、ちと急な展開になった」

次太夫の身柄を確保して、少しは緊張を解いた半蔵が言い出したのだ。

「由布院の出来事がすでに関前に伝わっておる。府内から手代が飛脚を飛ばした

のだ」

「そうでしたか」

「文六様は明日にも城中に正睦様を呼び出して切腹を申し付ける算段。宍戸派は夜を徹して、その準備に追われておるわ」

そう言った半蔵は、

「それがしはこやつを一晩中締め上げる」

足元の板の間に転がされた次太夫に厳しい視線を投げた。

次太夫が恐怖に顔を歪《ゆが》ませた。

「坂崎、今宵が最後の機会だ、仁助の助けを借りて屋敷に忍び入ってこい。正睦様から、なんぞ指示があるやもしれぬでな」

「心得ました」

と磐音はわが屋敷に入り込んだのだった。

磐音が包平《かねひら》を手に廊下を歩いていくと、奥座敷の一間に明かりが点《とも》っていた。

正睦の部屋であった。

「佐平か、なんぞ出来《しゅったい》したか」

懐かしい声が障子の向こうから聞こえてきた。

磐音は廊下に座すと、

「磐音にございます」

と応じた。

正睦はしばらく返事をしなかった。長い沈黙のあと、

「入れ」

と入室を許した。

磐音が障子を引き開けると、正睦は書類や帳簿を整理していた。その顔にはすでに死を覚悟した者の潔《いさぎよ》さが漂っていた。

「ご苦労をおかけ申し、まことに恐縮至極にございます」

磐音は父の前に平伏した。

さらに長い沈黙のあと、

「磐音、顔を上げよ」

と正睦が命じた。

磐音が顔を上げると正睦の双眸《そうぼう》が潤んでいた。が、声だけは厳しく、

「豊後関前に暇状を差し出した者が、何用あって戻って参った」

と詰問した。

「父上は、御直目付の中居半蔵様が城下にお戻りなされているのをご存じですか」

「いや、知らぬ。閉門の身ではなんの話も伝わってこぬでな」

正睦の言葉には喜びが漂っていた。

「中居半蔵様は、宍戸派の専断と不正を取り調べるためにお戻りなされたのでございます」

「一歩遅かったな」

正睦の声は再び諦観《ていかん》のにおいを帯びた。

「そなたは目付頭東源之丞に託した書状を読んだようじゃな」

ようやく正睦の声が緊張を解いて和んだ。

「はい。父上がお考えになられた結論をわれらも考えたゆえに、東様の命令で国許に戻ってきたのでございます」

正睦が頷いた。

「われらが動くのがちと遅きに失したかもしれぬな」

「父上は明日、城中に上がられるそうでございますな」

「文六様は一気に事を決してしまわれる所存だ。おそらく城中から生きて戻ってはこられまい」

正睦は片付けていた書類の山に目を落とした。

「そのようなお気の弱いことでどうなされます」

磐音は父を勇気づけるように言うと、

「父上、江戸の下屋敷にて実高様にお目にかかってございます」

「なんと、そなたは殿にお会いしたか」

正睦の声が喜びに溢れた。

「はい、参府で江戸入りされたばかりにもかかわりませず、私を密かに下屋敷にお呼び出しになられてございます」

「磐音、そなたは、この父や藩を見捨てたのではなかったのか」

「父上、磐音は苦しみから逃げたのでございます……」

磐音は親友二人を亡くした苦悩の末に関前を離れたことを正直に告げた。

「江戸で暮らす私に、われら三人の刃傷沙汰は関前藩に巣食う守旧派の策ではないかとの考えをもたらしてくれたのは、勘定方の上野伊織にございました。伊織はわれらが江戸屋敷で催していた修学会の仲間です。伊織はわれらの帰国を快く思われぬ宍戸文六様が三人を嚙み合わせて自滅に追い込んだのではないかと、私の長屋に告げに来たのです」

「なんと、江戸にもそのような推測を立てた家臣がいたか」

「最初、伊織が申すことを信じることができませなんだ……」

磐音は父に、両替商の今津屋の調べで、豊後関前藩には一万六千五百両の、大坂の両替商天王寺屋五兵衛に八千両、近江屋彦四郎に三千五百両、江戸の藤屋丹右衛門に五千両の、隠された借財があること、その借財の借り主は、江戸家老の篠原三左であること、この借入金を元に天領の飛驒から切り出された材木を買い受け、江戸に蓄財中に、明和九年の二月に起こった目黒行人坂《ぎょうにんざか》の大火で焼失して、投機は一転して借財になったこと、それを調べるため御文庫に入った伊織が宍戸派の手に落ちて、拷問を受けた後に殺されたことなどを告げた。

正睦は呆然として磐音の話を聞いていたが、

「その話を聞かされれば、頷けるところもある」

と洩らした。

「父上、私は伊織の霊に導かれて、探索を始めたのでございます。父上もご存じのとおり、篠原様は病弱の身、とても大金を借りて木材を買い付け、値上がりを待つなどの荒業ができるとは思いませぬ。そこで今津屋どのの紹介にて藤屋の老分番頭に面会しましたところ、借財の際、すべてを仕切ったのは、御留守居役の原伊右衛門様ということを聞き出すことができました」

「原どのは文六様と親しき間柄じゃな」

「親しいというよりは文六様の手伝いをなにかとなされて、江戸御留守居役に推挙された人物にございましたな」

「腸《はらわた》なしの伊右衛門どのは、忌憚《きたん》なく申せばそういう御仁じゃ」

と答えた正睦は、悲しげな顔をした。

腸なしとは原の異名だ。

藩主を差し置き、国家老が豊後関前藩の藩政運営を意のままに独占してきたのだ。

正睦はそれを看過《かんか》してきた罪に身を震わせていた。

「そのような折り、篠原様の補佐と称して、宍戸有朝様が江戸藩邸次席家老として赴任なされ、一挙に宍戸派が強化されました」

「江戸屋敷も文六様の息がかかった者によって占められたか」

「有朝様の歓迎の宴を見張っていて、その顔ぶれに仰天いたしました。二十三名に及ぶ出席者の中に中居半蔵様がおられたのです」

「半蔵どのは職務であろう」

正睦は即座に言い切った。

「はい」

「磐音、そなたが申した不正借り入れの一万六千五百両のしかとした裏付け、なんぞあるか」

「今津屋の老分番頭どのが私への餞別代わりにと、藤屋丹右衛門方で借りられた五千両の借用書の写しと添え書きを渡してくれましたゆえ、持参しました」

「それはなによりのもの」

正睦の顔がわずかに和んだ。

「明日の城中では父上の承知のことを堂々と申し述べてくださりませ。私はその場に同席はできませぬが、御直目付の中居半蔵様は列座なされます。むろん私が持参した証の品は半蔵様がお城に持参なされます」

「それは心強きお味方じゃな」

「父上、気を鎮められてお聞きください。白石孝盛様が暗殺されてございます」

「な、なんと……」

孝盛は正睦の碁敵であり、幼き頃からの友であった。

磐音は父の顔に落ち着きが戻るまで待って言った。

「すでに刻限も刻限ゆえ、本日はこれにてお暇いたします」

「行くか」

「はい」

磐音が正睦に一礼して廊下に出ると、廊下の端に二人の女が座していた。

「母上、お久しゅうございます」

「磐音、よう戻ってこられました」

照埜は肩を震わせて泣いた。

磐音は努めて明るく妹に言った。

「伊代も壮健そうでなによりじゃな。屋敷がこのような時期に外に出ておる兄を許してくれ」

「兄上、父上を助けられるために戻ってこられたのですね」

「父上がなんの不正もなされておらぬこと、身内たるわれらが一番承知していることだ。兄は命を抛《なげう》っても、父上の疑惑を晴らす」

「ようう言うてくださいました」

「伊代、話したきことは山ほどある。が、今は明日の父上のお呼び出しを切り抜けることが第一じゃ。父上と母上を頼んだぞ」

「兄上、約束してください。ことが一段落した暁《あかつき》には、屋敷に戻ってくると」

「伊代、そのこともこの次に会ったときに話そう」

磐音は懐に用意していた二十五両を伊代に差し出した。

「この金子は奈緒どののために用意してきたものだ。奈緒どのはすでに関前を離れられたとのこと、もはや役には立たぬ金だ。そなたが預かっておいてくれ」

「兄上、奈緒様は……」

「今は申すな。父上の身から一つひとつ解決していくときだ。仲間の方々も待っておられる、よいな」

「お約束しました」

母上、堅固でという言葉を残して、磐音は奥座敷から台所に戻った。

「磐音様、屋敷の外の動きが怪しゅうございます。気をつけてください」

佐平の言葉に磐音は頷くと、台所の戸口から庭に走り出た。

土塀から顔を出して通りを見た。

裏口に立つ警護の役人たちからおよそ十数間離れていた。

磐音は役人たちの動きを注視しながら土塀を乗り越え、宋道院の石段に駆け込んだ。暗がりを利して山門に上がり、境内を大きく迂回して、大手門近くの武家屋敷の鍵曲がりに出た。

鍵曲がりは、敵方が押し寄せてきたときに、鍵の手型に曲がった屋敷の土塀を利用して城への進入を防ぎ止める役目を持っていた。

土塀の下には半間ほどの石組みの疎水が流れて、鯉《こい》などが飼われていた。

磐音はふいに足を止めた。

鍵の手の向こうに人の気配がした。

磐音は、包平の鯉口を切った。

三人の男が姿を見せた。

「坂崎磐音、暇乞いした人間が何用あって関前に戻ってきた」

声に聞き覚えがあった。

国家老宍戸文六家の家来、福富美田《ふくとみびでん》だ。

福富は陪臣ながら剣の遣い手といわれ、臼杵城下で武名を知られた勢源《せいげん》派一刀流岩間親房《いわまちかふさ》道場の免許皆伝を得た剣士だった。

年の頃は四十前後か。

その福富の連れは、浪々の剣術家といった風情の男二人だ。

「そなたが家に戻るのは分かっておった。そなたの父親は、蟄居閉門の身で明日には沙汰が下る身。その前夜の怪しげな行動かな、斬る」

福富の命に二人の剣術家が剣を抜き放った。

福富もゆっくり抜いた。

「そなたの子供騙《だま》しの居眠り剣法とやら、見たこともないがわれらがいかさまを打ち破ってくれよう」

福富が言うとぱっと草履を後方に跳ね飛ばした。

磐音は簡単に逃げ切れるものではないと覚悟した。また時間が経てば、宍戸派が駆けつけることも考えられた。

一気に戦いに決着をつけること、さらには坂崎親子が会ったと知られないことが肝要だった。ならば、福富らを倒すしか選択の余地はなかった。

磐音は包平を抜きながら、受けの剣を捨てよと己に命じた。

「福富どの、そなたのお命、申し受ける」

磐音はそう宣告すると、包平を中段に置いた。

福富の前に二人の剣術家が出てきた。

磐音の右手の男は、蟹《かに》のような押し潰された体の前に剣を高々と立てた。

今一人の長身は、脇構えに置いた。

福富は一歩下がったところで正眼に構えた。

「参る！」

見廻り組の提灯か、武家屋敷の向こうの夜空にちらちらした。

磐音は、包平の大帽子《きっさき》を上下に揺らして相手を誘い込んだ。

「おおうっ！」

長身の剣術家が叫んで突進の構えを見せた。が、疾風と変じて襲いかかってきたのは、背の低いほうだ。

磐音は咄嗟《とっさ》に応じていた。

中段の剣先を水平に寝かせると突進し、高々と立てていた剣の、鉈《なた》でも振り下ろすような重い刃風を掻い潜って、剣術家の喉を襲った。

伸びのよい磐音の二段突きが相手の喉を破り、血を振りまいた。

そのときには左手に飛んで、長身の剣術家の首筋に包平を落としていた。

後の先ながら、迅速の奇襲が一瞬のうちに二人を倒していた。

長身の剣術家は疎水に体を転がり落として水音を立てた。

もはや時間の猶予はない。

「こなくそっ！」

福富が叫んだときには、磐音は元の場所に戻り、正眼に包平を構えていた。

「勢源一刀流、拝見つかまつる」

磐音の言葉に誘われた福富がつつつっと間合いを詰めると、正眼の剣をゆっくりと逆八双に移行させていった。

両者は同時に仕掛けた。

一気に間合いに踏み込むと磐音は正眼の包平を福富の喉元に、福富は磐音の右肩に伸ばした。

が、この一年、修羅場を潜り抜けて生きてきた磐音の包平が伸びを示して福富の喉を斬り裂いていた。

どさり
と横倒しに倒れ込む福富を振り向きもせずに、武家屋敷の暗がりに駆け込んだ。

その直後、見廻り組の明かりが鍵曲がりの戦いの場に到着して、騒ぎ声を上げた。

二

磐音が外堀屋敷町の大照院の宿坊に戻ると、中居半蔵が顔を真っ赤にして、

「次太夫め、なかなか落ちぬわ」

と手にしていた竹棒を投げ出した。

かたわらには御徒組別府伝之丈ら若い藩士たちが四人ほどいたが、知っている顔は別府だけだ。

江戸勤番の三年と浪々の暮らしの間に、磐音の知らない顔が増えていた。

「番頭の清蔵がすでに喋っておるゆえにすぐにも吐くと思うたが、さすがに一家を束ねる頭領、頑強にも口を割らぬ。磐音、そなたが奪ってきた帳簿やら備忘録を示して問い質しても、私にはご家老の宍戸文六様がついておられると平然としたものだ」

時間に迫られた中居半蔵は、かなり強引に問い詰めていた。

小者に水を貰っていた次太夫の衣服は破れ、背中には血が滲んで、傷を負っていた。その次太夫が、

「中居様、時間《とき》の無駄にございますよ」

とざんばら髪の、不敵な顔を上げた。

その不敵な面魂《つらだましい》には計算が働いていた。

磐音は、その顔を見たとき、考えが湧いた。

「すまぬが、ここは中居様とそれがしだけにしてくれぬか」

と若い別府伝之丈らを外に出した。

「西国屋どの、そなたも商人《あきんど》なら忠義よりも利が大事であろう。われらはそなたの命をとったところで何の益にもならぬ。が、無益とあらばそなたの命、始末するに迷いはない」

「坂崎様に殺されれば西国屋、本望にございますよ」

「そなた、先ほど、国家老の宍戸文六様がついておられると申したが、もはや、文六様は終わりじゃ」

磐音は、江戸の下屋敷で藩主の福坂実高手ずから渡された書き付けを次太夫に見せた。

「大名家家臣の忠義は藩主ご一人《いちにん》にある、いくら国家老でも藩主にはかなわぬ。商人のそなたにもそのくらい察しがつこう。勝ち船に乗り換えぬか」

磐音の誘いを西国屋次太夫は瞑想《めいそう》して考えた。

長い沈黙の後、

「お願いがございます」

と言い出した。

「申してみよ」

「城中で証言する代わりに、私と家のもの、奉公人の助命をお願いいたします」

「よかろう」

磐音が即答した。

「次に西国屋の財産を保証してくだされ」

「西国屋、舐めるでない」

半蔵が磐音に代わって怒鳴った。

「そなたは長崎に出店を持っておるではないか。関前の店と財産は、藩再建のために使わせてもらう」

半蔵が言い切った。

「中居様、坂崎様、国境までわれらを無事に送ってくださりませ」

次太夫が二人に頼んだ。

「承知した」

と磐音が答え、次太夫がほっと安堵の色を見せた。

半蔵も顔を和らげて言った。

「坂崎、江戸での不正借り受けの策を発案したのは宍戸文六だったぞ。大坂の両替商天王寺屋五兵衛と近江屋彦四郎を紹介したのはこの男だ、番頭の清蔵が喋ったことだがな」

「火事のせいでえらい損でしたわ。ご家老様はおかんむりやし、仲間には恨《うら》まれるしで、骨折り損のくたびれ儲《もう》けや」

次太夫は安心したか、上方訛《なま》りで本音を漏らした。

「文六め、一万六千五百両の借財を正睦様におっかぶせて強引に腹を切らせ、すべてを闇から闇に葬り去る気だ」

「父上は、己の考えるところを述べるだけと申しております」

「坂崎、本日の会議はことの正否を問うものではない。文六は宍戸派の数を頼りに、強引にことを決するつもりだ」

「出席は宍戸文六様のほかにはどなたですか」

「殿の参府に大半の藩士が随行しておるので、老人か小物ばかりだ。御番組頭の山尻三郎助、宍戸文六の嫡男で御手廻組の宍戸秀晃、用人山鹿《やまが》岳春《たけはる》、記録所役の出水《いずみ》竹九《たけく》朗《ろう》、右筆《ゆうひつ》の榊原《さかきばら》千代《ちよ》蔵《ぞう》あたりかな」

「山尻様は参勤ではないのですか」

「昨年の一件以来、殿の信頼を失くしてな、江戸への随行には加えてもらえなかった。そのせいで近頃、宍戸派に急接近しておるそうな」

河出舞の不義話を撒き散らしたのは三郎助の次男、頼禎であった。頼禎は小林琴平に斬り殺されている。

半蔵が言うところの殿の信頼を失くした一件というのはそのことをさす。

その父親が宍戸文六に急接近している以上、手ごわい相手となる。

「嫡男の秀晃様は別にして、宍戸様の息がかかった方はどなたにございますか」

「用人の山鹿、記録所役の出水か。榊原様は耄碌《もうろく》なされて宍戸文六どのの言いなりであろう」

「頼りは中居半蔵様だけですか」

「とは申せ、正式に呼ばれたわけではない」

そう言った半蔵は、

「大書院の周りには、宍戸派の手勢が控えておると考えたほうがよい」

「中居様、わがほうの人数はどれほどですか」

半蔵は別府ら若い藩士たちを見渡した。

「別府の下に中戸信継道場の面々が七、八人といったところだ。いずれも若い連中だ。中戸先生も、非常時でござればそれがしも手を貸すと言うておられる」

「有難き申し出にございます」

中居半蔵が若い伝之丈らを呼び込んだ。

「終わった」

と半蔵が伝之丈らに、西国屋が協力することを伝え、

「磐音、そなたが別府らを束《たば》ねてくれ」

と言うと、伝之丈らが磐音にぺこりと頭を下げた。

磐音は中戸道場の先輩にあたり、昨夏の御番ノ辻の小林琴平との対決は、すでに伝説の戦いとして語られていたので、若い藩士たちの眼差しには尊敬がこめられていた。

「坂崎、もはや刻限もない。それがしは屋敷に戻って用意をいたす。そなたにはこやつの扱いを頼もうか」

「承知しました」

中居半蔵が姿を消した。

「坂崎様、われらにお指図を」

伝之丈が磐音を見た。

「その前に、そなたの朋輩を紹介してくれぬか」

「はい」

と緊張して応えた伝之丈は右から、御小姓組の東武治《ひがしたけはる》、結城秦之助《ゆうきしんのすけ》、市橋勇吉《いちはしゆうきち》
と名を告げた。

「武治どのは、東源之丞様の甥御《おいご》か」

磐音は武治の顔を見て訊いた。

「はい。叔父には坂崎様のことを聞かされて育ちました」

と紅顔を磐音に向けた。

「結城どのの兄上は御廊下番海造《かいぞう》どのであるな」

「はい、さようにございます」

「市橋どのの父上は御馬廻役じゃな」

「ただいま江戸に参勤しております」

名を聞かされよくよく見れば、皆知り合いの倅や兄弟だ。顔に見覚えがあった。

頷いた磐音が申し渡した。

「よく聞け。こたびの一件、遊びではない。豊後関前藩の命運がかかっておる。そなたらも生半可な考えなれば後悔することになる」

「坂崎様、もとよりわれら命を賭《と》して藩の改革に参画しております」

伝之丈が仲間を代表して答えると仲間も呼応した。

「よし、なればこれからの行動を申し伝える。夜のうちに、西国屋次太夫ならびに番頭の清蔵を城中に移したい。なんぞ考えはないか」

伝之丈らが顔を見合わせ、沈黙した。


八つ（午前二時）過ぎ、磐音たちは縄をかけた西国屋次太夫と清蔵を漁師舟に乗せて、白鶴城の突端、豊後水道に突き出た断崖へと接近していた。その高さはおよそ七丈余りで切り立っていた。だが、引き潮のときには、海に向かって埋門《うずみもん》が姿を見せた。

老漁師は別府伝之丈の知り合いの者だった。

断崖に打ち寄せて砕ける波間を見計らって、練達の櫓《ろ》捌《さば》きを見せる漁師は舟を埋門に入り込ませた。

埋門は城が包囲された折りなど、密かに海へと逃れる抜け道だ。が、もはや戦乱の時代は遠くに去り、埋門自体が忘れられていた。

松明が点された。

入口の幅は一間もなかったが、奥に入ると大きく広がった。波が打ち寄せる度に舟は天井の尖った岩に叩きつけられそうになった。

それでも半丁も進むと水面は穏やかになり、洞窟《どうくつ》も広く、天井も高くなった。

自然の岩場を削った船着場に舟を接岸し、磐音たちは舟と分かれることになった。石段道が上へと細く延びていた。もう何十年と人が通ったことはないようで、松明の明かりに驚いた蝙蝠《こうもり》が飛び交った。

次太夫と清蔵を伝之丈たちが二人がかりで担ぎ上げ、松明を手にした磐音が先頭に立った。

この抜け道のことを思い出したのは、祖父が作事方に勤めていた市橋勇吉だ。城から豊後水道に抜ける道のことを、小さいときに祖父から子守唄がわりに聞かされたという。

その話を伝之丈の知り合いの老漁師に訊いてみると、引き潮のとき、埋門が口を見せる断崖があると教えてくれたのだ。

「それがしはこんな抜け道など知らなかったぞ」

磐音の声が岩場に響いて、行く手から風が吹き込んできた。

磐音は松明を消した。

「暗いので気をつけてまいれ」

磐音は後に続く伝之丈らに注意を与えると一人先行した。石段が尽きて、洞穴のようなところに出た。風を頼りに外に向かうと、内曲輪《うちくるわ》の一角に出たようだ。

出口には枯れ草が覆いかぶさって穴を塞いでいた。

人が通れるほどの隙間を空けて磐音が外に出てみると、そこは寅之口櫓《とらのぐちやぐら》の裏手だった。

この櫓は城の東側の櫓のひとつで、内曲輪では本丸から一番離れた場所にあった。

伝之丈たちも姿を見せて、

「こんなところに来たのは初めてだぞ」

「おれも知らん」

などと言い交わしていた。

「もう少し本丸大書院近くまで接近しておきたいが、われらが潜む場所はないか」

「坂崎様、なれば中之門の物見櫓にわれらの仲間が二人、夜番しております。それがしが走って隠れ場所を相談してまいります」

結城秦之助がそう断ると闇に姿を没した。

坂崎正睦は七つ（午前四時）に床を離れると、湯殿で水をかぶって身を清め、真新しい下帯にこれも新しい白の長襦袢《ながじゆばん》を着た。さらに小袖《こそで》に肩衣《かたぎぬ》、半袴《はんばかま》を身に着けた。

書斎の机に戻ると、この数日をかけて用意した弁明書や書き付けを改めた。

照埜が熱い茶を運んできた。

「照埜、もはや覚悟はできたぞ」

「中居半蔵様や磐音らが頑張っておるのです、あなた様もお心を確かにお持ちくださいませ」

「承知しておる。だが、磐音たちが人事を尽くしても儘《まま》ならぬこともあろう。そのとき、見苦しき真似だけはしたくないでな。苦労をかけるやもしれぬ」

「あなた様はなんの悪いこともなさっておられぬのです。私どもも正々堂々と屋敷を退出するだけにございます」

朝餉を終えた刻限、表口の竹矢来が解かれた。

駕籠が乗り入れられ、玄関先に横付けになった。

「行って参る」

正睦はいつものように照埜や伊代、奉公人に声をかけると、城中から遣わされた駕籠に乗り込んだ。そのかたわらを宍戸派の警護の者たちが物々しく固めた。


物見櫓から、藩士たちが石の坂を上がって登城するのが見えた。

磐音たちは櫓の天辺に身を潜めて、時が来るのを待っていた。

まず登城してきたのは、宍戸派と見られる藩士の面々だ。前もって指示されているのか、三人一組になって、大手門から下乗門、さらには中之門と、だらだらと続く石段を上がってきた。

さらに御用人の山鹿岳春と記録所役の出水竹九朗が、肩衣に半袴の略装で姿を見せた。右筆の榊原千代蔵がよろよろとおぼつかない歩きで坂を上がってきて、御番組頭の山尻三郎助も肩を怒らせて登城してきた。

「これで大書院の集まりに出ると目される連中はおよそ顔を揃えたな」

「いや、古狸と子狸の登城がまだだぞ」

伝之丈と秦之助が言い合っていると、中之門を乗り物が入ってきた。

なんと囚人のように網をかぶせられた駕籠だ。

(父上、なんとおいたわしい……)

駕籠の周りを、抜き身の槍を小脇に抱え込んだ宍戸派の藩士たちや小者が厳しく警護していた。

駕籠はゆっくりと石垣に囲まれた石段を上がっていった。そして、磐音たちが潜む物見櫓の下に姿を消した。

磐音は物見櫓の反対に移動した。

そこから大書院に通じる玄関前門がかすかに望めた。

駕籠が玄関前門に到着して、警護の者たちが駕籠を取り囲んだ。

かぶせられていた網がはずされ、引き戸が引かれて坂崎正睦が姿を見せた。すると藩士の一人が正睦の刀と脇差を取り上げた。

正睦は抵抗することなく渡した。

さらには昨夜から用意した弁明書などの書き付けを包んだ風呂敷を取り上げようとした。

さすがに正睦は抵抗の姿勢を見せたが、抜き身の槍の穂先を胸に突きつけられて、渡さざるをえなかった。

「なんと無体な……」

秦之助が抑えた口調ながら憤怒をこめて言った。

(父上、ここは我慢してくだされ)

磐音は胸のうちで呟きながら、玄関前門で繰り返される無言劇のようなやりとりをじっと眺めていた。

前後を藩士に囲まれた正睦が城中へと姿を消した。

「あとは古狸親子か」

中之門を見張っていた武治が叫んだ。

「来たぞ！」

磐音たちは再び中之門を見下ろす場所に戻った。

宍戸文六はこれまでの功績と老体を考慮されて、藩主の実高から本丸式台前までのお駕籠乗り入れを許されていた。

「なんと、美濃部大監物が従っておるぞ！」

伝之丈が驚きの声を上げ、磐音もタイ捨流の剣術家を観察した。

背丈は五尺八寸ほどか、がっちりと鍛え上げられた体は実に安定していた。総髪の下の浅黒い顔、そして眼光炯々《けいけい》とした両眼が周囲を威圧して進む様はなかなかの貫禄であり、自信であった。

その他仲間二人も従っていた。

「狩野三五郎が怪我を負わされたというが、加減はどうかな」

磐音の問いに、

「狩野様は腰を打ち砕かれて、一生寝たきりの暮らしになるのではとのお医師の診立《みた》てにございます」

「なんと……」

磐音は言葉を失った。

「坂崎様、われらは未だ真剣勝負の経験がございません。もしこ、つがあれば教えていただきたい」

東武治が真剣な顔で訊いてきた。

「武治、真剣勝負にこつなどない」

「ございませんか」

武治ががっくりしたように答えた。

「武治、勝負の場に臨む者すべてが胸に恐れと不安を抱いておる。どんな達人も同じことであろう。恐れを抱くということこそ、日頃の腕前が発揮できる第一歩と思え。過信、傲慢《ごうまん》よりもはるかに大切なことだ」

「怖くて普通なのですね」

武治がほっとした表情で答えた。

「坂崎様、訊いてようございますか」

今度は伝之丈が顔を向けた。

「われらはすでに生死をともにする同志であったな」

はい、と頷いた伝之丈が、

「親友の小林琴平様との勝負、なにを考えておられました」

若い藩士はすでに豊後関前藩の伝説となって繰り返し語られる御番ノ辻の決闘に触れた。

「琴平との勝負は、琴平が望み、それがしも琴平と戦うものはそれがししかおらぬと信じて立ち合《お》うた戦いであった……」

若い四人が真剣な眼差しを磐音に向けてきた。

「そなたらのように、琴平と慎之輔とそれがしは物心ついたときからの友だ。生きるときも死ぬときも一緒と信じてきた友と戦うことがどれほどつらいか、戦った者にしか分かるまい。琴平かそれがしか、どちらが倒れようとも、互いが望んだ相手だ、その役を他人の手に渡すことなど考えなかった。それがしも琴平も死力を尽くして戦おうとそれだけを思った。剣に託した精進を出し切ろうと思っただけだ。それが友に示す尊敬の情だ。結果はどちらでもよかった。たまたまそれがしが生き残り、琴平は死んだ、それだけのことだ」

磐音の言葉は四人の若者の胸に悲しくも切なく響いた。

「そなたらが相戦うようなことがあってはならぬ。そのような場面を作り出された宍戸文六様をお恨み申す」

伝之丈が黙って頷いた。

磐音は視線を中之門に向けた。

すると風呂敷包みを手にした中居半蔵がゆったりと石の坂道を上がってきた。供の者は中間姿の早足の仁助だ。

二人の背後で中之門が鈍い音を立てて閉じられた。

三

天守閣で太鼓が鳴らされ、白鶴城に緊張が走った。

大書院に御直目付の中居半蔵が入ったとき、出席者は会議を主宰した国家老の宍戸文六を省いて、御番組頭の山尻三郎助、御手廻組宍戸秀晃、御用人山鹿岳春、記録所役出水竹九朗、そして右筆榊原千代蔵が顔を揃えていた。

秀晃が呆《ほう》けた顔で中居半蔵になにか言いかけたが、じろりと半蔵に睨まれ、黙り込んだ。

城の内外にも大書院の周りにも殺気が漂った。

宍戸派の家臣たちが大書院を固めたのだ。

反宍戸派、あるいは文六の専横を快く思わぬ藩士たちもいたが、なにしろその中心になるべき人物を欠いていた。それぞれの者たちが各々の部署で密かに成り行きを見ながら、心を痛めていた。

また大手門をはじめ、城中に通じる門には宍戸派の者たちが剣槍を構え、鉄砲隊まで配備して、城の外から入り込む一切の人物を阻止せんとしていた。むろん由布院からの帰途に行方を晦《くら》まし、坂崎磐音の手に落ちた西国屋次太夫の入城を拒む防衛線だ。

「国家老宍戸文六様、出座にございます」

隣室から声がかかり、宍戸文六が太った体を緩慢《かんまん》そうに揺すって大書院に入室した。

その隣室には、美濃部大監物と二人の手下の控える姿があった。

文六が上座に席を占め、一座をぎょろりとした大目玉で見回した。頬の肉が垂れて顎の上で重なり合い、文六の容貌《ようぼう》をさらに怪異なものにしていた。

視線が中居半蔵のところで止まった。

「呼ばれもせぬ者が出席しておるが」

「それがしのことでございますか、ご家老」

「おお、そのほうに決まっておるわ」

「御直目付の職務はご家老をはじめ重役方の監督糾弾にござれば、出席は至極当然にございます」

半蔵は平然と言い切った。

「とは申せ、そなたは江戸屋敷の御直目付である、国表とは関わりがない。そのこと忘れるな」

「ご家老、奉公に国許も江戸屋敷もござらぬ。かような大事な会議に、国許にありながら欠席したとあっては、後々、殿にお叱《しか》りを受けまする」

「半蔵、出席は差し許す。されど口出しはならぬ」

「それがし、任務のほかに口を挟む気はありませぬ」

文六がさらに言いかけたが思いとどまり、

「中老坂崎正睦をこれへ」

と命じた。

隣室から無腰の正睦が入室して一座に頭を下げ、示された座に着いた。

会釈を返したのは、右筆の榊原千代蔵と中居半蔵の二人だけだ。

「ただいまより中老坂崎正睦にかけられし不正の数々を吟味《ぎんみ》いたす。さよう心得よ」

「あいや、しばらく。それがし、ご家老が申される不正などに関わった覚え一切これなく候」

「黙れ黙れ！　正睦、そなたに訊いておるのではないわ」

「いえ、申し上げます。そもそも藩主実高様江戸参府の折りに、かかる大事を国家老の宍戸文六様一人《いちにん》の考えで主宰なさること自体疑義がござろう」

「正睦、黙って聞いておるか、それとも猿轡、縄目にて裁きの座に転がされるか」

文六の大声はすでに高ぶって異常を示していた。

「ようござる。異議がござればその都度反論いたそう」

文六は正睦の言葉を聞かなかった顔で座り直した。

「中老坂崎正睦にかけられし、第一の不正借り入れの一件から取調べを始める。訴えによれば坂崎正睦は大坂、江戸にて、藩名を借りて不正に大金を借り受けた一事あり。その借り受けし金子はなんと一万六千五百両に及びしものと判明した」

一座がどよめいた。

「なんと、そのような大金を、坂崎正睦どのはなんのために借りられたのか」

御番組頭の山尻三郎助が叫んだ。

「訴えによれば、坂崎正睦、豊後関前の藩財政改革と称して、これまでの長年の商取引を反古《ほご》にいたし、藩物産所を設けて、領内で取れる物産の数々を上方、江戸に運んで取引をなしたり。その目的は藩財政の改善を殿がご了承なされたという言葉を金科玉条のごとく利して、私欲を図ることに専念せしこと、調べによって明白なり。その思惑商売が破綻をきたして、多額の損を出したり。ゆえに上方、江戸の両替商より一万六千五百両もの借財をなしたりとある」

「な、なんと」

御用人山鹿岳春が驚愕の色を見せた。さらに記録所役の出水竹九朗が、

「ご家老、確かな証がござろうな」

と訊いた。

「むろんあっての会議召集じゃ」

文六が満足そうな顔で一座を見回した。

「指し示していただけるか」

文六が頷くと、宍戸家の用人が用意していた書類を、次の間から小姓の一人が文六のもとに運んできた。

宍戸文六は書類を手にしたが開けようともせず、膝に置いたまま言い出した。

「まず不正借り受けの手口じゃが、坂崎正睦は長年の国許奉公ゆえ上方、江戸の両替商との面識はない。ゆえに関前城下の廻船問屋西国屋次太夫に紹介の労を頼みしという」

「あいや、しばらく」

と声をかけたのは右筆の榊原千代蔵であった。

「西国屋次太夫は、近頃城下を離れているというではございませぬか」

「ご老人、そう先走られてもかなわぬ」

「これは失礼をばいたした」

「次太夫はそれがしに、坂崎正睦の強い要望で上方、江戸の両替商との橋渡しをいたしたが、まさか実高様にもわれらにも断りもなく暴走するとは夢想だにしなかったと告白しおったわ。藩の名で借り受けられた大金が坂崎正睦個人の考えでなされたと知り、それがしに仲介の経緯《いきさつ》を申し述べたのち、心労にて倒れ、関前藩を離れて療養にあたっておるのじゃ」

文六がぬけぬけと言った。

「父上、坂崎様は一万六千五百両を私欲のために借りられたのでございますな」

秀晃がもっそりと訊いた。

「いかにもさよう」

と答えた文六はしばし瞑目した。

「出席の方々には、なぜ坂崎がそのような強引な手をと疑われる御仁もござろう。

すでに申し述べたように、藩物産所の企てにて多額な損失を出したことが第一の理由にござる。第二には、昨年の夏の騒ぎと関わりを持つ」

「昨夏の騒ぎとは、河出慎之輔が錯乱し、小林琴平がここにおられる山尻様の次男を惨殺した件にござるか」

御用人の山鹿が訊いた。

「さよう、あの一件である。あの騒ぎにおいて河出と小林両家が廃絶になった。当事者たる慎之輔と琴平の朋友、坂崎磐音は騒ぎのあと、藩のお許しも得ずに関前城下を抜けおった。噂によれば、江戸にて貧乏暮らしを続けておるという。おそらく正睦は、浪々の身に落ちた嫡男不憫《ふびん》さに金を残したかったのであろう」

文六がぬけぬけと言い切ったとき、高笑いが響いた。

「無礼者！　半蔵、なにがおかしゅうてそのような馬鹿笑いをいたしたか」

「ご家老、盗っ人猛々しいとはまさにこのことにございますぞ」

「おのれ！　なんと申したか」

隣室から美濃部大監物の手下二人が膝行《しっこう》してきた。

半蔵がじろりと見て、吐き捨て、

「無礼かどうか、各々方《おのおのがた》、それがしの申すことを聞いて判断していただこう」

と再び一座を睨み回した。

「坂崎正睦様が借財なされたという一万六千五百両の借り受け先、いずれか教えていただきたい」

「さてそれは……」

「ご家老、西国屋次太夫から詳しく経緯を聞かれたのであれば、当然、借り受け先もお聞きになったのでございましょうな。お忘れとあらば、ほれ、膝の上の書類に書いてございませぬか」

「余計な口出しをしおって」

「ご家老、それがしが申し上げましょうか」

「さかしら顔に口を挟むでない」

文六が隣室の美濃部を見た。

すでに大書院に入っていた二人の手下が、刀の柄に手をかけようとした。

その矢先、御直目付の大喝《だいかつ》が飛んだ。

「藩士でもなき者がいかなる仔細あって、豊後関前藩の重大なる会議の席におるのじゃ。下がりおろう！」

美濃部が文六の顔を窺った。

「ご家老、中居半蔵が申すこと一理あり。この者たちは何者にござるな」

右筆の榊原が割って入った。

「ご老人、この者たちはそれがしの相談役でな。異論があると申されるなら、下げさせよう」

文六の目配せに二人が隣室に姿を消した。

「榊原様、よう申された。それがしがこれから話すことにも耳を傾けてくだされよ」

と断った半蔵は、

「わが豊後関前藩には、これまで多年に亘って溜まりに溜まった借財が、大坂の蔵元に銀二千六百貫（およそ四万二千両）と蔵前の札差《ふださし》に三千八百両、総額にして関前藩実収の三年分ほどがござる。それは皆様もご存じのとおりです。そのほか、二年ほど前に新たな借財がなされてござる。その借受人の名は、ここにおられる坂崎様ではござらん。江戸家老篠原三左様にござる」

一座がどよめいた。

「お静かに。各々方もご承知のとおり、ここ数年、篠原様のお体の具合悪く、寝たり起きたりの暮らしゆえ、先頃江戸藩邸次席家老として、文六様の縁戚、宍戸有朝様が着任なされたほどにござる。そのような篠原様が大坂の両替商天王寺屋五兵衛、近江屋彦四郎、江戸の藤屋丹右衛門ら三軒から一万六千五百両もの借財をなした上に、その金で飛驒の天領から切り出した材木を買い付けて江戸に送り、蓄財して投機をなすという荒業ができましょうか、考えてもみてくだされ」

「ま、まことか」

榊原が訊いた。

中居半蔵は用意した包みを解くと、磐音が今津屋の老分番頭の由蔵から貰った書き付けを出して一座に指し示した。

「ここに江戸京橋の両替商藤屋の借用書の写しと、取引の経緯を証言した書き付けがござる。それによれば、確かに豊後関前藩の借受人の名は篠原様にござる。しかし藤屋の老分番頭は、篠原様の顔は一度も見たこともなく、実際に立ち会われたのは、宍戸文六様と昵懇の御留守居役原伊右衛門様であったと証言しております。これは一体どうしたことか」

半蔵が文六をはたと睨んだ。

「遠く関前におられる中老の坂崎様が、上方、江戸の両替商からいかにして一万六千五百両もの借金ができようか。各々方、いかが思われるな」

半蔵は書き付けを右筆の榊原老人に回した。

「中居半蔵、そのような弁明書などたれでも作れるわ」

「ご家老、西国屋の弁明書と一緒にせんでくだされ」

と吐き捨てた半蔵が、話はまだ半分も終わっておらぬと言うと、

「江戸に蓄財されていた材木がどうなったか、各々方は知りたくはござらぬか」

「知りとうござる。昨年二月には江戸を焼き尽くす大火があったはず、値上がりして一万六千五百両が大金に化けたか」

榊原がいったん書き付けに視線を落としかけていたが、顔を上げて訊いた。

「榊原様、商いは濡れ手に粟《あわ》とはいき申さぬ。目黒行人坂の大火にて蓄財中の材木も焼失したのでござるよ」

「な、なんと」

「各々方、そのとおりにござる。藩に新たな一万六千五百両の借金と利息が残った。その利息すら三軒の両替商にはらってはおらぬ。両替商の間では豊後関前藩の名は地に落ちておるそうな。そうでございましたな、ご家老」

「中居、それがしが知るわけもないではないか」

「原様は、腸なしの伊右衛門と、関前にあっては囁かれていた人物にござる。そ

れを江戸の公儀人に推挙なされたは、ご家老ではありませぬか。腸なしどのが一人で一万六千五百両もの借金をできるものか。そなた、ご家老の指図なくしてはな……」

「言うに事欠いて無礼千万である！」

宍戸文六が怒鳴った。

「先ほどご家老は、坂崎様が不正な借金をなされた理由の一つに昨夏の一件が関わっていると申されましたな。実に都合よく解釈なされたものと、それがしも少々呆れており申す。事実は、坂崎磐音ら江戸に遊学しておった若い藩士三人が関前に戻ってきて、藩政改革に手をつけることを恐れたご家老が策を弄し、坂崎磐音、河出慎之輔、小林琴平たちを同士討ちさせた、それが真相にござる。山尻様、そなたの次男頼禎どのもこの企ての片棒を担がされて、あげく小林琴平に殺されたのでございますぞ」

半蔵の言葉は力強く大書院に響き渡った。

「な、なんと。真実か、ご家老……」

山尻三郎助が宍戸文六を見た。

「知らぬ知らぬ。なんの証があって、そのような言いがかりをつけおるか」

「西国屋次太夫と番頭の清蔵が、すでに一切をば自白しておりますぞ」

「ならばその証を見せよ、中居半蔵」

「……………」

「できるか、半蔵」

「ご家老、証とはいかなるものにございますかな」

「西国屋次太夫がすべての企ての背後にわしがいたと自白したのであれば、次太夫をこの場に連れて参れ。次太夫がこの場にてさよう申すのなら得心もしよう。のう、各々方」

「さようでござる」

と倅の秀晃が賛意を示した。

「それがしが持参いたした書き付けだけでは信用できぬと申されるか」

「当たり前じゃ」

「……………」

「答えられまい、半蔵」

文六が、

「こやつを、中居半蔵を、大書院から引っ立てい！」

と大声で命じた。

大書院の廊下に、宍戸派の藩士たちが抜き身の槍や刀を下げて現れた。

その瞬間《とき》、同時に遠くで騒ぎが起こっていた。

物見櫓から西国屋次太夫と番頭の清蔵を引っ立てた磐音たちが、大書院に接近しようとしていた。

「なんの騒ぎか」

文六の倅の秀晃が廊下の面々に質した。

廊下の端で、
わああっ！

という叫びが上がった。

「坂崎磐音がでおったぞ！」

宍戸派の一人が叫んだ。

美濃部大監物の手下の一人、安楽源蔵《あんらくげんぞう》が大書院を突っ切り、廊下に出た。すると威圧された家臣たちがぞろぞろと後退してきた。

「どかれよ！」

安楽の命に家臣たちが庭に飛び降りて、その場を空けた。すると磐音を先頭に、別府伝之丈らが西国屋次太夫と清蔵を引っ立ててきた。

「おのれ！」

安楽源蔵が刀を抜いて、厳しい顔付きの磐音の前に立ち塞がった。

「そなたの顔には見覚えがないな」

磐音が言った。

「そやつはご家老の用心棒の一人、安楽とかいう獣《けだもの》にございます」

伝之丈が言った。

「ここは豊後関前藩の城中、用心棒がなにゆえここにおる。早々に立ち去るがよい！」

「おまえこそ、もはや関前には関わりなき男、何用あってこの場に罷り出た」

「なあに、集まりに肴を持参したまででござる」

「おのれ！　愚弄《ぐろう》しおって」

安楽源蔵が抜き身を水平に構え、

「ええいっ！」

と叫ぶと、果敢にも切っ先を磐音の喉首に合わせて突進してきた。

間合い五間と見ながら磐音も出た。後方に控える別府伝之丈らの身を案じたからだ。

迷いもなく廊下を走りながら、備前包平《かねひら》二尺七寸を抜き上げた。

突きの姿勢で突進してきた安楽の切っ先を包平で弾いた。

安楽の弾かれた剣先が障子に流れて桟《さん》を破った。

磐音の包平は安楽の正面に止まっていた。

次の瞬間、包平が静から動に変じて安楽の眉間に吸い込まれるように叩き込まれた。俊敏極まりない太刀風である。

「ぐえぇっ！」

なんとも空恐ろしい絶叫を上げた後、それでも廊下に立ち竦んでいた安楽が、ぐらぐらと体を揺らして庭先に転がり落ち、仰向《あおむ》けに倒れた。

眉間を真っ向唐竹割りに割られた安楽の血が庭に広がっていった。

凄まじい斬撃にだれも声を発しない。

「ごめんくだされ」

血塗れの包平を背に回した磐音は大書院の敷居に立った。

「暇乞いしたそのほうがなぜ、城中に入り込んできおった！」

宍戸文六が叫んだ。

「ご家老、宴の席としては酒肴が足りませぬ。持参しましたのでご賞翫《しょうがん》あれ」

磐音の言葉に伝之丈らが、西国屋次太夫と清蔵の二人を大書院に突き転がした。

「西国屋！」

「ご家老！」

文六と次太夫が言い合い、見合った。

「ご家老、先ほど西国屋次太夫を連れて参れと叫んでおられたな。これでどうじゃな」

中居半蔵が叫ぶと次太夫に書き付けを指し示し、

「昨年の騒動の背後に国家老の宍戸文六どのがおられ、坂崎磐音らを互いに離反させ、自滅させるように仕組んだことに相違ないな」

「……そ、相違ございません」

「西国屋、なんということを申すか」

「豊後関前藩の新たな借財一万六千五百両は、材木相場に加担して一儲け企むために、天王寺屋、近江屋、藤屋ら三軒の両替商から金を借りた。それは家老宍戸文六の発案で、そなたが両替商を仲介したのも相違ないな」

「相違ございませぬ」

「次太夫、狂ったか」

「ご家老、私は商人にございます。勝ち戦の船に乗り換えさせていただきます」

次太夫は顔を歪めて叫んだ。

「なんということをぬかしおるか。勝ち戦か負け戦か、未だ勝負はついておらぬわ」

文六がそう言うと、

「者ども、出会え出会え！」

と叫んだ。

大書院のあちらこちらに配置されていた宍戸派の家臣たちが槍や刀を手に姿を見せた。

だが、磐音の気迫に圧《お》されて、尻込みした。

なにしろ昨夏の御番ノ辻の決闘は伝説となって家臣たちの間に語り継がれていた。その人物が血刀を手に立ち塞がっているのだ。

「静まれ！」

磐音の大声が大書院に響いた。そうしておいて、主のいない上段の間に上がった。

「おのれ、狂ったか」

文六の言葉に美濃部大監物の手下の一人、三谷鬼角《みたにきかく》が抜き身を翳して磐音に殺到してきた。

「下がりおろう！」

と叫びざま包平が閃くと、飛び上がってきた三谷の喉笛を大帽子《きつさき》が襲った。

三谷は怒りを込めた包平に喉を切り裂かれて隣部屋に転がり落ちた。

再び磐音が叫んだ。

「静まれ、上意である！」

思わぬ言葉に一座がどよめいた。

磐音は畳の上に抜き身の包平を突き立てると、懐から、江戸の下屋敷で藩主の福坂実高が関前下向に際して下しおかれた書状を出した。

磐音は開いた封を懐に差し入れ、上意の書面を読み上げた。

「上意、豊後関前藩家臣に申しつく。余の書状を持参せし坂崎磐音、関前藩に福坂実高の特使として差し遣わす者なり。先に下向せし御直目付中居半蔵ともども、関前城中に多年に亘りて不正を行いし者どもの査察糾弾の特権を与えるものなり。

安永《あんえい》二年五月二十七日、豊後関前藩藩主福坂豊後守実高」

磐音は書面の表を一座に向けた。

「ははあっ!」

と坂崎正睦が倅に、いや藩主の代理たる磐音に平伏した。

一座がそれに倣《なら》った。

頑迷にも頭を下げることを拒んだのは宍戸文六ただ一人だ。

「宍戸文六、そなた、藩主福坂実高様のお心にも従えぬか!」

中居半蔵の大喝が飛んだ。

ゆっくりと、ゆっくりと文六の老体が崩れて両手が畳につき、肩が落ちた。

「国家老宍戸文六に申しつく。豊後関前藩の藩政を専断せし横暴、狂気の沙汰なり、後日改めて吟味の場を申しつくる。本日は倅秀晃ともども早々に下がって、屋敷にて謹慎いたせ」

中居半蔵の激しい言葉に文六がよろよろと立ち上がった。

「別府伝之丈、そのほうら、信頼のおける家臣を糾合《きゆうごう》して宍戸屋敷まで送り届け、謹慎を見届けよ」

反宍戸派の藩士たちに静かなどよめきが湧き起こり、中居半蔵の命に、

「中居様、それがしもその役に就《つ》けてくだされ」

「御直目付、それがしも警護の役をお願いいたす」

と次々に申し出てきた。

関前城中の宍戸派と反宍戸派の形勢は完全に逆転していた。

「ご家老の一行が謀反《むほん》の意思を示さば、その場にて斬り棄ててかまわぬ。殿の御意思である」

半蔵の言葉を聞きながら、磐音は宍戸文六手飼いの美濃部大監物の姿を探した。

だが、いつの間にか美濃部は消えていた。

四

坂崎磐音が父親の正睦の乗り物に従い、中之門を潜ったのは、五つ半（午後九時）を回っていた。

長い長い一日であった。

だが、その一日が終わったわけではなかった。

国家老宍戸文六が城から下がって屋敷に謹慎したあと、御直目付の中居半蔵は豊後関前藩の家臣たちを大広間に集め、江戸で起こったことや国許の出来事を説明し、藩主福坂実高の意思がどこにあるかを話した。

その上で、

「一連の不正、長年の専横政治についての調べは、迅速に行ったとしても一朝一夕で済むものではない。そのために中老坂崎正睦様をはじめ重臣方の協力のもとに厳正かつ公平に行う。各々方は動揺することなく、それぞれの職務に精勤してもらいたい……」

と語り、藩士たちの不安を抑えた。

中居半蔵はとくに、宍戸派と目された家臣たちに軽挙妄動をとるなと命じた。その上で、

「裁きは来年実高様が関前にご帰国の後、御自らが携わって最終的に開かれよう。われらはこの折りに宍戸文六様が行われし悪政への報復をしてはならぬ。宍戸文六様には多年に亘る藩政において、失政もあれば功労もある。各々方はその功罪を見聞きしたのであれば正直に書き留めて、目付宛に提出していただきたい」

と、ことを分けて話した。

家臣たちの不安と動揺は消えて、城の内外では急速に平静を取り戻していった。

藩主江戸参府の最中とあって、豊後関前藩には重臣もさほどの数は残っていな

かった。

　中居半蔵はまず国家老宍戸文六の代理として、中老の坂崎正睦を充てることを命じた。さらに宍戸文六の独断政治と不正に関する吟味に関わる重臣たちが指名され、直ちに城中国家老の御用部屋の取調べが始まり、金子や書類などが差し押さえられた。

　さらに半蔵はその日の出来事などを、坂崎正睦、磐音親子に願って、それぞれの立場から詳細に記せしめ、自らの書面と併せ、早足の仁助に命じて江戸の福坂実高宛に送らせた。

　中居半蔵がようやく安堵の表情を見せたのは、すでに城中に行灯が点されたあとのことだ。

　城中御台所から握り飯などの食事が届けられ、坂崎親子とともに食しながら話ができた。

「中居様、ご苦労にございましたな」

　正睦が労った。

「こたびばかりは冷や汗の連続にございました」

　と正直に答えた半蔵は、

「磐音どのがいなければ、こうも迅速に事が運ばなかったのはたしか。助かりました」

と正睦と磐音の親子に感謝した。

「われら豊後関前藩は、藩政の立て直しに大きく遠回りを強いられておりますな。財政再建も、大きく後退したところから始めねばならぬ」

「正睦様、その上、有為な人材を数多く欠いての再出発にございますな」

「さよう。死んだ子の歳を数えても仕方ないが、白石孝盛、河出慎之輔、小林琴平、上野伊織らと、多くの家臣が亡くなった……」

磐音は二人の会話を聞きながら、不安に駆られていた。

「中居様、このまま文六様はおとなしく殿のご帰国を待たれるおつもりでございましょうか」

「いや、そうはなされまい。いずれ反撃の機会を窺われるはず」

それは三人の胸のうちの確信であった。

別府伝之丈らの家臣たちが宍戸文六の家老屋敷を封鎖していた。が、文六親子は謹慎を命じられたとはいえ、宍戸家の家来たちもいれば分家も控えていた。

「宍戸の分家はまず文六様と一緒の行動をとりましょう。こちらの警戒も要りますな」

半蔵の言葉に頷いた正睦が言い出した。

「文六様の奥方の実家は、江戸に随行しておられる御手廻組頭《おてまわりぐみがしら》の香川男女之丈《かがわおめのじょう》どのでしたな。屋敷には隠居の嘉太郎《よしたろう》様がまだ矍鑠《かくしゃく》としておられたはず。こたびのこと、ご隠居にことを分けて話されることが肝要かと思われるが、いかがかな」

正睦の考えに半蔵が、

「それは気がつきませんでした」

と答えると、

「正睦様、この役目、引き受けてはいただけませぬか」

と顔を見た。

「それがしでよければ、これからただちに香川家に出向こう。磐音、供をしてくれ」

正睦を乗せた駕籠は大手門から左手の、香川家のある堀の内に向かって進んだ。

御番ノ辻を過ぎて、白鶴城の西側に御手廻組頭の屋敷が見えてきた。

豊後関前藩六万石の御手廻組頭は千六百石高、藩主の護衛の責任者であり、奥向きの小姓や奥番頭を統括する役職だ。

むろん隠居の嘉太郎も長年この役を務めたのち、嫡男の男女之丈に譲っていた。

香川家の門の大戸は閉じられていた。

磐音は通用口を叩き、門番に訪《おとな》いを告げた。

「お待ちくだされ」

長いこと待たされたのち、坂崎親子は通用口から通された。式台に控えていた香川家の老用人が、

「ただいま、主、出府中でござれば、通用口からお通しいたしました」

と断りを入れた。

「なんのなんの、かような刻限に訪問することこそ非礼にござる。嘉太郎様のご寛容に感謝いたします」

磐音は包平を抜くと用人に預けた。無益な誤解や争いを避けたいと思ったからだ。

「お預かりいたします」

と用人もそれを受けた。

正睦は無腰である。

磐音だけが脇差を腰にして嘉太郎の待つ座敷に通された。

隠居の嘉太郎は七十五歳、鶴のように痩せた体と頬のそげた顔に、眼光炯々とした双眸をもっていた。

その両眼が坂崎親子を睨んだ。

「ご隠居様、一別《いちべつ》以来にございます。ご壮健の様子、お慶び申し上げます」

正睦の挨拶を手で制した嘉太郎が、

「正睦どの、挨拶は無用にござる。隠居の身にも城中の騒ぎは届いておる」

と厳しい声音で言い切った。

「ならばご隠居様に正直に申し上げた後、正睦、お願いの儀がございます」

「そなたも、それがしの妹が宍戸文六どのの妻女と承知の上で来宅されたはず。早々に用件を述べられい」

正睦は頷くと、

「磐音、昨夏の騒動に隠された真相を告げよ」

と磐音に命じた。

磐音は江戸藩邸で行っていた修学会のことから、河出慎之輔、小林琴平との帰国、その後起こった一連の出来事に対する疑念など、江戸で殺された勘定方上野伊織の死を交えつつ話し、さらに実高様からの命で関前に下向した経緯、西国屋次太夫を拉致《らち》して問い質したことなどを淡々と告げた。

話が終わっても嘉太郎は黙ったままだ。

「本日、城中で起こったことはそれがしの口から申し上げます……」

正睦が宍戸文六の命により大書院に喚問された経緯から、そこで起こったことなどを話した。

「……ご隠居様、これ以上の混乱と騒ぎを起こせば、関前藩はさらに苦しい立場に追い込まれます。幕府が動かぬとも限りませぬ。藩と実高様のためにここは恩《おん》讐《しゅう》を超え、憎しみを忘れて、家臣一同心静かに、豊後関前藩になにが起こっていたのか、厳正に検証するときであろうかと考えます。ご隠居様、われら親子が罷り越しましたる微衷《びちゅう》をお汲《く》み取りの上、ご理解を賜りたくお願い申し上げます」

嘉太郎がかっと両眼を見開いた。

「そなたらの申すこと、嘘偽りはあるまいな」

「ございません」

正睦が嘉太郎の顔を正視して答えた。

嘉太郎の目が磬音を向いた。

「それがし、こたびのことで関前に戻ろうと考えたは、偏《ひとえ》に二人の友、河出慎之輔と小林琴平が亡くなった一件の真相を究明したいがためにございます。それが関前藩の改革につながると考えたからにございます」

言葉を切った磐音は、敢然と言い切った。

「ご隠居様、豊後関前藩の中興の祖宍戸文六様は、老いられましてございます」

嘉太郎は長いこと瞑目した。目を見開いたとき、

「それがしの妹はすでに宍戸の妻女、香川家の者ではないわ」

と呟いた。

「隠居の身とて、宍戸文六どのの専横、耳に入らぬわけではなかった。だが、香川の当主は男女之丈とて見逃してきたはおのれの罪、関前藩の禄《ろく》を食《は》んだ者として万死に値する。だがな、わしに文六の説得に当たらせようとしても無駄じゃ。わしの説得を受け入れるくらいならこうも独走はしなかったわ」

と言葉を切った嘉太郎は、

「わしにできることはただ一つ。香川家は、宍戸文六に与《くみ》しては動かぬ。実高様のお心に従い、生死を共にするということだけじゃ」

「有難う存じます」

正睦が嘉太郎に頭を下げ、磐音も従った。

嘉太郎が思いもかけない言葉を口にした。

「磐音と申したか。河出慎之輔と小林琴平のこと、無念であったな。そなたら若い者たちが健在なれば、藩の改革も少しは早くできたものを。わしが生きているうちには再建は無理であろうな」

磐音は黙って頭を垂れた。


坂崎正睦を乗せた駕籠が再び御番ノ辻に差しかかったのは、四つ半（午後十一時）の頃合いであった。

「お疲れにございましょう」

「なんの、まだまだそなたには負けぬ」

と正睦が強がりを言ったとき、御番ノ辻に明かりが点った。

「乗り物を塀に着けよ」

磐音はすぐに陸尺《ろくしゃく》に命じた。

松明の明かりに浮かび上がった人物は、白鉢巻に襷がけの宍戸秀晃に美濃部大監物、さらには宍戸家の家来と思える三人であった。小者二人が松明を掲げていた。

謹慎中の屋敷を抜け出てきたと思《おぼ》しい。

「秀晃どの、お立場を弁えなされ」

「坂崎磐音、そなたら親子を斬る！」

秀晃が叫んだ。

「宍戸秀晃、よく聞け。宍戸の家を潰してもよいのか」

駕籠から出た正睦が諫めた。が、秀晃は、

「問答無用じゃあ！」

と刀を抜いた。

家来三人も決死の覚悟を顔に漂わせて従った。

タイ捨流の免許持ちという美濃部大監物も静かに鞘を払った。

タイ捨流は肥後の人吉に生まれた丸目蔵人佐長恵《まるめくらんどのすけちょうけい》の興した流儀をいう。

蔵人は十六歳にして大畑の合戦に初陣して以来、幾多の戦場往来、真剣勝負を経験してきた達人であった。

タイ捨流の免許皆伝なればなかなかの腕前である。

秀晃は正眼に構えていた。が、剣先がぶるぶると震えていた。家来三人が秀晃を囲むように固めた。

一方、大監物は剣をゆったりと脇構えにつけた。

堂々とした剣風である。

磐音は大監物の動きだけを注視した。

「父上、ご検分を」

磐音は手出しは無用、と父に告げた。

「存分に戦え」

それが正睦の返答であった。

磐音は頷き返すと包平を抜いた。

その瞬間、御番ノ辻に足音が響いて、提灯の明かりが飛び込んできた。

「おおっ、ここにおったぞ！」

別府伝之丈の声がした。

「伝之丈、謹慎中の者を逃がしたな」

「申し訳ございません。われら、坂崎様にご助勢つかまつります」

「ならぬ！」

磐音の声が厳しく拒絶した。

御番ノ辻は事の始まりの場所である。

慎之輔と琴平と舞の仇がこの辻にはあった。

「手出しは無用じゃ、伝之丈」

磬音は重ねて言うと、包平を正眼にとった。

視線は美濃部大監物を見ている。

その体は小揺るぎもせず、どっしりとして磬音の様子を窺っていた。その静かな顔には、かたちばかりの用心棒とは思えない決死の表情が漲《みなぎ》っており、憤怒が漂っていた。

磬音の手によって安楽源蔵ら仲間たちが斬り倒されていた。

(敵はおれが討つ)

の決意が漂ってきた。

「参る！」

磬音は美濃部に言いかけた。と同時に一気に間合いを詰めた。

生死の境を越えてきた磬音の動きを読んだ美濃部は、一歩二歩踏み込むと、脇構えを磬音の胴に送って応じた。

磬音は正眼の剣で擦り合わせると、ふわりと勢いを殺した。

美濃部が絡めとられた剣を手元に引き寄せ、再び攻撃を加えようとしたとき、

「お、おのれ！　若造が……」

と大口を開けて叫びながら、秀晃が磐音のかたわらから剣を振り下ろしてきた。

磐音は美濃部の剣を弾いておいて横っ飛びに逃れた。そこへ刀を振り回しながら秀晃が突っ込んできた。家来たちも仕掛けてきた。

腰が浮いたままの、手先だけの攻撃で秀晃の剣の腕前が知れた。

磐音は秀晃を懐まで十分に引き寄せて、包平を肩口に鋭く落とした。

悲鳴とともに手応えが掌に伝わってきた。

秀晃が足をもつれさせて尻餅《しりもち》をつくように崩れ落ちた。

家来たちが二方向から飛び込んできたのを磐音の剣が弾き返し、

「そのほうら、引け、引くのじゃ！」

と命じた。

美濃部は手出しすることなく磐音の行動を見ていた。

美濃部と磐音、傷ついた秀晃と家来たちの間に伝之丈らが割って入った。

それを確かめた磐音は、

「待たせたな」

と大監物に言った。

磐音と大監物は、再び剣を構え直した。

間合いは一間。

相正眼である。

御番ノ辻に再び緊迫が戻ってきた。ゆるゆるとした濃密で危険な殺気が満ち満ちてきた。

両者の目には互いの存在しかなかった。

二人は同じ構えで互いの仕掛けを待った。

辻を支配していた残暑の暑さに、秋の到来を思わせる涼風が混じった。

虫の音が屋敷の庭から響いてきた。

磐音も大監物も動かない。

正睦も伝之丈らも動けない。

袈裟に斬られた秀晃の呻き声が虫の音に混じった。

四半刻（三十分）、半刻（一時間）と刻限が過ぎていく。

大監物の顔が上気し、息遣いが聞こえてきた。

磐音は待ちの姿勢にはいつまでも耐えられた。それが居眠り磐音の居眠り剣法の真骨頂だ。

大監物の眼が充血して見開かれた。

「おおうっ！」

大監物は大声を発すると、突進しながら正眼の剣を小さく振り上げ、鋭く磐音の肩口に落としてきた。

磐音は相手の動きに合わせて果敢に飛び込んでいった。

二つの剣が御番ノ辻の夜に絡み合い、火花を散らせた。

大監物は怪力を利して、ぐいぐいと磐音を押し込んできた。

磐音はずるずると後退した。

弾む相手の息遣いが磐音の顔にかかり、鍔競《つばぜ》り合いが激しさを増した。

大監物の刃が磐音の額に迫った。勝ちを確信した大監物の恐ろしげな顔に、にたり
と笑みが浮かび、さらに剣に力を加えようとした。

その瞬間、磐音は絡み合った剣と剣の支点を利して、くるりと反転し、わずかに生じた力と力の間隙に包平を手元に引き寄せ、大監物の首筋に反撃を加えた。

さすがにタイ捨流の免許持ち、磐音の反撃を弾き返すと前方に擦り抜けた。

両者は反転した。
元の位置に戻って、間合いは一間。
大監物の剣が八双に構えられた。
磐音は正眼に戻した。
すぐに大監物が動いた。
正眼の大包平がそのまま伸ばされて、突っ込んできた大監物の喉首に迫った。
袈裟に落とされる剣と喉笛に伸びた剣が生死の間仕切りで交錯した。
正睦と伝之丈らは息を呑んだ。
一瞬早く、刃渡り二尺七寸の包平の大帽子が大監物の喉を斬り裂いた。
ぱあっ！
御番ノ辻に血飛沫《ちしぶき》が舞った。
磐音は美濃部大監物の血を避けて、揺らぐ体のかたわらを擦り抜けていた。
どさり！
朽木《くちき》が倒れるような地響きとともに勝負が決した。
呻き声にも似た低い歓声が辻に上がった。

その夜、国家老の宍戸文六が瀕死《ひんし》の秀晃を刺し殺した後に自裁したことが伝わり、関前城下を震撼《しんかん》させた。が、これは予測されたことであった。

一旦屋敷に戻っていた坂崎正睦は中居半蔵の呼び出しで城中に上がった。

磐音は考えるところがあって、屋敷に残った。

その磐音のもとに妹の伊代が姿を見せた。

「兄上、これからどうなさるおつもりにございますか」

「伊代、兄は一度坂崎の家を、関前藩を離れた者だ。そう軽々しく戻れるわけもない」

「兄上のお気持ちひとつにございます」

「それはもはや決まっておる。奈緒どののことを教えてくれぬか」

伊代は頷くと、言い出した。

「奈緒様が岩城村庄屋陣左衛門様の離れに移られたこと、兄上はご存じですね」

「知っておる。東源之丞様が奈緒どのの文を届けてくれたでな」

「その前後のことにございます。奈緒様の父上の助成様が再び倒れられたのでございます」

仁助にも中居半蔵にも聞いたことだ。

「すでに奈緒様のお覚悟は決まっていたのでございましょう」

「身売りの覚悟と申すか」

伊代は頷くと、

「父上が蟄居閉門中でなければ、助けの手を差し伸べられたかもしれませぬ。が、わが家のものは屋敷の出入りもままならず。その間に奈緒様は、城下撞木町の妓楼さのやに行かれて、百両にて身売りを決められたそうにございます。これらのことは、下男の河三が岩城村と撞木町のさのやに行って、ようやく聞き出したことにございます」

「奈緒どのは助成様の病気とお母上の暮らしを案じられて、身売りなされたか」

「はい」

と答えた伊代はさらに言った。

「奈緒様はすでに女衒《ぜげん》と一緒に他国に発たれました。さのやは何処《いずこ》に奈緒様が行かれたか、どうしても河三には教えてくれなかったそうにございます」

頷いた磐音が、

「今少し耐えられれば、小林の家の再興も考えられたかもしれぬ……」

と呆然と吐き出した。

「兄上、奈緒様は兄上に文を残して行かれました。これは岩城村の庄屋どのが後日届けてこられたものにございます」

伊代は封書を兄に渡した。そして、今一度同じ質問をした。

「兄上、どうなされるおつもりにございますか」

「伊代、関前藩には父上をはじめ、多くの家臣がおられる。再建には時間《とき》がかかろうが、必ずや成る。だがな……」

「兄上が預けられた二十五両、今、お持ちします」

「あの金は奈緒どののご両親に届けてくれぬか。そして、時折り顔を見せてやってくれ」

伊代は頷くと磐音の座敷を出ていった。

磐音は奈緒の封書を開いた。

〈坂崎磐音様、奈緒が磐音様にお届けする最後の文にございます。

奈緒の気持ちは生まれたときから死のときまで磐音様の御許に寄り添っております。

私にはこの道しか考えられませぬ。

すでに兄なく姉なく、病に臥せる父と働くことなど生涯知らぬ母に、私ができるただ一つの道にございます。

お許しください。

私の身は遠く見知らぬ地にあっても磐音様のもの、気持ちはひとつにございます。磐音様のご武運とお幸せをお祈りしております。奈緒〉

磐音は文を握り潰すと、

(奈緒、なぜおれの帰りが待てなかった)

と胸の内で何度も詰《なじ》った。

磐音の脳裏になぜかその光景が浮かんだ。

花芒《はなすすき》の原が何処までも広がっている。

風が吹き、白い穂が残照に赤く染まった。

原中を独り旅する者があった。

奈緒だ。

奈緒は秋草の広大な海にぽつねんと孤影を引いて、遊里へと向かう旅をしていた。

(待っておれ、必ず助けに行く)

磐音は握り潰した奈緒の文を懐に入れると、旅の仕度を始めた。

特別対談

「磐音は最高のユートピアだ！」下

佐伯泰英

映画「居眠り磐音」今津屋吉右衛門役

谷原章介

映画「居眠り磐音」で両替商・今津屋吉右衛門を演じた谷原章介《たにはらしようすけ》と原作者・佐伯泰英の記念すべき対談。話題は今作にとどまらず、時代小説、そして時代劇への想いへと発展していく（二巻に収録の〈上〉より続く）。

谷原　僕は磐音が旅をしている話も好きなんです。奈緒を追っていたり、旅すがら大切な人を守っていたり、巻によって様相は違いますが、いつ追っ手がかかって、刺客が襲って来るとも分からない緊張感の中で進んでいく。ドキドキしますね。でも、物語のベースとしてあるのは、宮戸川で鰻を割き、子どもたちがやって来るという何気ない風景とほっこりとした磐音の佇まい。僕はこれがとっても好きです。そして、いざ物語が急を告げるときの豹変する磐音の様《さま》、実は切れ者の顔が出てくるあたりで、オッと思う。来た来た来た～！と（笑）。男のひとつの理想像ですよ。どれだけのサラリーマンが磐音の姿に救われたか。日々の残業、日々の生活のなかで。

佐伯　そうですね。僕の小説は辛い浮き世を一瞬だけでも、数時間だけでも忘れられる読み物であればいいと思っていますし、それを書いてきたつもりなので。

谷原　僕ら男にとって何よりの、最高のユートピアですよ。一方で、男目線でずっとストーリーが進んでいるようで、実はちゃんと奈緒も描かれているお話で、今回の映画でもそこがよかったなと思うんです。奈緒をきちんと大事にしないとこの話は成立しない。

試写を観て、ただ単に男に隷属するような女性ではなく、自分なりの覚悟を持って、新しい世界に一歩踏み出していくというところが描かれていると実感しました。

佐伯　僕は現代物を書いているときに「お前、女の描き方下手だな」と言われ続けてきたんです。「女と悪党の描写がダメな者は成功しないよ」とも。時代小説に転じても、女の人をどう描こうとか、あまり考えたことがない。ただ、奈緒さんをああいう設定にしてしまえば、自然にこういう言動をするだろうなというところはありますね。「磐音」の物語は登場人物みなが「さだめ」を負っていて、それをどう見極めるか、置かれた境遇でどう生きるか、それを描いてきたところがあります。思いもしない運命に直面した人間がどうあがくか、それを描いてきたのが『居眠り磐音』だと思うんですね。一巻じゃ描き切れないから二巻、二巻じゃ描き切れないから三巻、そうしてとうとう、五十一巻になった。

谷原　僕が『居眠り磐音』にはまったのは、思うに磐音と奈緒のあの切ない運命、淡い恋心の邂逅と言いますか、あの部分も大きいように感じています。藤沢周平さんの作品がすごく好きなんですけど、なかでも『蟬しぐれ』が好きで、あれも主人公の少年藩士・文四郎と幼馴染の子が、もう二度と会えない淡い恋の、一瞬だけの邂逅があるじゃないですか。読んでいると奈緒と磐音にも重なって……。

佐伯　僕が通俗作家で、周平さんが大作家というのはそこなんですよ！　僕、五十一巻も書くから。周平さんみたいに『蟬しぐれ』のその場面だけにとどめておけば、僕ももう少しマシな作家になったかもしれない（笑）。

谷原　いや、ファンとしてはずっと書いていただきたいわけですよ！　潔く終わる良さもあると思いますが、書き続けていただける良さも大きい。

佐伯　僕が五十歳を過ぎて時代小説を書き始めたとき、最初に編集者に持っていった原稿は酷評されてボツになった。で、どうしようかと思って、頭に浮かんだのが、藤沢周平さんの『用心棒日月抄』だったんですよ。周平さんの物語の世界を模倣できないかなと、まあ大胆なことを考えて書いたのが『密命』だったんです。印税を前借りして出したこの本で、僕の作家人生で初めての重版がかかった。歳食った新人ですよ。最悪のケースなのに、不思議なことに本が動いていった。

谷原　でも、時代小説にはやはり、色々な名詞とか、所作の表現、言葉遣いなど覚えなければならないことがいっぱいあるじゃないですか。江戸時代の暮らしの決まりごとも。分かっていないと書けない。読んで読んで自分の中で……。

佐伯　そうですね。写真家時代から、時代小説を愛読していたんです。周平さんだけでなく、柴田錬三郎さんや司馬遼太郎さん、素晴らしい作品を残した人たちの世界みたいなものを思い出しながら、まずは図書館に行って、江戸時代の物のコピーをしてきて。

谷原　古地図みたいなものとか色々なものを？

佐伯　そうそう。それでどこの時代を設定すればいいか考えて……。僕が書くとしたら何か。そう考えたら剣豪物しかなかったんですよ。剣豪物の中に、どこか周平さんの世界のような人情や市井の暮らしを取り入れていったのがよかったのかなと思うけど、いま手直しをしながら読んでみるとやっぱりここは柴錬さん、ここは周平さん、ここは司馬遼太郎さんとツギハギだらけ（笑）。

谷原　新しい創作というのは大体が模倣から始まるものですね。ご自身では、ここからがまあ、ある程度自分が「俺は時代小説家だ」と名乗れるようになったという分岐点はどのあたりでしょうか？

佐伯　やはり「磐音」が大きいと思います。模倣ではなく、自分の色彩を出すところに来ていたんだと思うんです。力を抜くところもなんとなく覚え、一冊の文庫を書くパターンみたいなものも出来上がってきた。僕は文庫書き下ろし作家。小説の王道である、まず雑誌か新聞で連載し、ハードカバーにしてもらって、数年後に文庫になるという出版界の王道を踏まない。いきなり文庫での一発勝負。ダメだったらダメ。それがおそらく僕の肌合いというか、生き方にあったのかもわからないね。その感覚っていうか、呼吸が見えてきたのがやはり「磐音」あたりでしょうね。

谷原　なるほど。

佐伯　それ以前の僕には、どこかで賞をとるような物を書きたいよなーみたいな思いがあったんでしょう。児玉（清）さんにはそれが見えていたんだと思う。僕が気付きもしないことを児玉さんがおっしゃったんです。「佐伯さんね、百人作家がいたら百通りの描写の仕方、表現の仕方、世界や色合いがなきゃダメ。あなたの文庫書き下ろしは、ある種の劣等感みたいなものが支えになっているかもしれない。けれど、本が売れること、文庫が売れること、これは大変なことなんだよ」と。

谷原 はい。

佐伯 出版界というのはいろんな人によって成り立っている。売れる本があることによって部数は望めない純文学が存在できる。そういう世界なんだよ、と言われて、僕はそうかこういうやり方でいいんだと楽になりました。だったらもう賞だなんだってどうでもいいやという感じ。

谷原 時代小説は大きく分けて、史実・歴史物、軍記・合戦物、剣客物、あと町人物《ちようにん》などがあって、それぞれ魅力があります。『居眠り磐音』にはそれらの美味しいところ、町人物、剣客物、さらに旅物の要素が全て入っているのが大きな特徴だと思います。

佐伯 自信がないからでしょうね、全部入れたのは。

谷原 いやいや、それが見事に融合して。

佐伯 だとすると嬉しいけど、うーん、僕自身は分からんなあ。

谷原 いやあ……（嘆息）。いろんな分野の、司馬遼太郎さんの歴史物、町人物だったら池波正太郎さんみたいな捕り物、それに平岩弓枝さんみたいな情緒ある世界、それに山本周五郎さんのようなちょっと骨太の小説とか、お薦めしたい時代小説はいろいろありますけども、入り口として最も入りやすいのは、佐伯先生の『居眠り磐音』だと思うんです。時代小説のエッセンスがぎゅっと詰まっている。とても間口が広くて、敷居は決して高すぎず、入りやすいのに奥深い。映画を観た方にはぜひ、小説も読んでほしい。五十一巻という巻数に負けず。ひとつ読んだら運の尽き、二、三、四、五、六と開いちゃいますから。

佐伯　そうなると嬉しいですね。若い方たちにも時代小説を読んでいただきたいですし。

谷原　いまは、テレビでも時代劇が減っていますが、時代劇というのは日本人しかできないんですよ。時代物をやる若手が少ないとか、観る方が少ないという話を聞いたりはしますけど、もっともっとひとつのジャンルとして多くの方に読んでいただきたいし、観ていただきたい。そのために僕らも頑張りたいと思います。

佐伯　テレビにしろ、映画、出版、新聞にしろ、旧来のメディアというのはなかなか厳しい状況に置かれていますね。だけど、そんな〝さだめ〟みたいな状況に逆らっても谷原さんは演じていかれ、僕は書いていく、それしかないですね。

いやあ……谷原さんが児玉さんにだんだん見えてきて（笑）。

谷原　恐れ多いです、皆さんに怒られてしまいます。

文春文庫

花《はな》芒《すすき》ノ海《うみ》
居眠《いねむ》り磐音《いわね》（三）決定版《けつていばん》

定価はカバーに
表示してあります

2019年3月10日　第1刷

著　者　佐伯泰英《さえきやすひで》

発行者　花田朋子

発行所　株式会社　文藝春秋

東京都千代田区紀尾井町 3-23　〒102-8008
TEL 03・3265・1211(代)
文藝春秋ホームページ　http://www.bunshun.co.jp

落丁、乱丁本は、お手数ですが小社製作部宛お送り下さい。送料小社負担でお取替致します。

印刷製本・凸版印刷

Printed in Japan
ISBN978-4-16-791240-6